U0471673

诗人与诗

柳永

拟把疏狂图一醉

翟玉梅——编著

河海大学出版社
HOHAI UNIVERSITY PRESS
·南京·

图书在版编目（CIP）数据

柳永 ： 拟把疏狂图一醉 / 翟玉梅编著. -- 南京 ：
河海大学出版社，2021.8
（诗人与诗 / 李路主编）
ISBN 978-7-5630-6983-5

Ⅰ. ①柳… Ⅱ. ①翟… Ⅲ. ①宋词一选集②柳永（约
987-1053）一人物研究 Ⅳ. ①I222.844②K825.6

中国版本图书馆CIP数据核字(2021)第106210号

丛 书 名 / 诗人与诗
书　　名 / 柳永：拟把疏狂图一醉
LIUYONG:NI BA SHUKUANG TU YI ZUI
书　　号 / ISBN 978-7-5630-6983-5
责任编辑 / 毛积孝
特约编辑 / 张　堃
特约校对 / 董　瑞
装帧设计 / 刘昌凤
出版发行 / 河海大学出版社
地　　址 / 南京市西康路1号（邮编：210098）
电　　话 /（025）83737852（总编室）
/（025）83722833（营销部）
经　　销 / 全国新华书店
印　　刷 / 北京东君印刷有限公司
开　　本 / 660毫米×960毫米　1/16
印　　张 / 12.25
字　　数 / 160千字
版　　次 / 2021年8月第1版
印　　次 / 2021年8月第1次印刷
定　　价 / 69.80元

目录

柳永生平与创作

柳永词集

柳永生平与创作

生平：风流才子也为功名所累

柳永生于 984 年，彼时正值宋朝初期。五代十国时期混乱的局面已结束，天下太平，百废俱兴。生活在盛世，柳永的一生却无法用“幸”或是“不幸”来概括。他流连秦楼风流成性，游览都市极尽繁华，低吟浅唱誉满天下。然而，他也几番落第仕途不畅，辗转多地不被重用，生活清贫晚景凄凉。人生的失意与得意都成就了柳永，从此，宋词史上多了一颗璀璨的明珠。

少年才盛

柳永出生在一个典型的官宦世家。祖父柳崇，字子高，曾为沙县县丞。唐末时局动荡，烽烟弥漫，柳崇选择辞官隐居读书，不问世事。朝廷数次派人请其出仕，都被婉言谢绝。他发誓不入仕途，布衣终老。然而他的后人积极入世，都取得了官位。柳崇生有六子，柳永的父亲柳宜为其长子，初任监察御史，颇得南唐后主李煜的赏识，入宋后官至工部侍郎。柳永的叔叔柳宣，以及哥哥柳三接、柳三复也都取得了科第功名。

柳永的家庭文化氛围浓厚，从小就接受儒家文化的熏陶。柳永之名是多年以后自取的，最初，柳永父亲为其取名柳三变，出自《论语 · 子张》：“君子有三变：望之俨然，即之也温，听其言也厉。”这是父亲希望柳永有君子气度，远望气势十足，近距离接触温文尔雅，说起话来睿智犀利。柳宜忙于仕途，柳永的母亲刘氏便负责柳永的教育。刘氏出生于书香世家，精通诗词歌赋。柳宜写信告诉刘氏，要严厉管束柳永，让他专心学习“经史子集”，柳永的童年便在学习儒家典籍中度过。柳永的词体现出极高的音乐造诣，这与他的家庭环境也分不开。刘氏的外祖父是唐代著名乐师雷海青之后，她从小跟随舅舅学习音乐知识。刘氏时常唱些小曲给柳永听，在母亲的熏陶下，柳永学会了乐理和识谱。良好的家庭教育，为柳永以后的创作打下了基础。

童年时期的柳永展现出了非凡的才华。994 年，10 岁的柳永写下《劝学文》，阐述了教育与学习的重要性。父母有教育监督子女的义务，须做到严厉；子女要主动学习，须做到勤奋。“学，则庶人之子为公卿；不学，则公卿之子为庶人。”最后两句十分警策，精炼地说明了学与不学的结果，学习能够改变命运，也体现出他积极入仕的心态。柳永小小年纪就有这样的觉悟，让人惊叹，也使他在当时赢得了“神童”之名。998 年，柳永跟着叔叔一起回故乡福建，在武夷山的中峰寺游览时，写下了《题中峰寺》，在当地广为流传。少年时期的柳永锋芒初露，开始奔赴更广阔的天空。

屡试不第

受家庭环境的影响，柳永 18 岁时便出发准备去参加科举考试。当时的他满怀豪情壮志，对于及第势在必得，却没想到这条路异常坎坷。1002 年，柳永从家乡福建崇安出发，去汴京考试，途中路过杭州，写下《望海潮》求见孙何。柳永与孙何是布衣之交，此时孙何正好任两浙转运使，柳永想拜访他，但当时官府之家门禁极严，柳永一介平民无法见到孙何，于是就写下了这首词，并让孙何宴会上的歌妓演唱。这首词气势宏大，孙何听到后，立刻安排与柳永见面。孙何并没有对柳永的仕途起到什么作用，然而此词却让柳永名震杭州。杭州秀丽的风光和繁华的市井生活使他流连，后又前往苏州，游历了六年，才继续前往汴京。

直至 1009 年，柳永才第一次参加科举考试。宋真宗有诏，“读非圣之书，及属辞浮靡者，皆严遣之”。因为当时宋朝北有契丹虎视眈眈，西北又有党项强势兴起，边患严重，宋真宗认为是靡靡之音影响了大宋王朝的斗志与士气。刚好柳永的风格便属于这一类，因此初试落榜。他失意之下作《鹤冲天 · 黄金榜上》：“且恁偎红倚翠，风流事，平生畅。青春都一饷。忍把浮名，换了浅斟低唱。”词中带着几分不平，几分自嘲，但更多的还是洒脱。这首词流传非常广，甚至传入了宫墙之内，给柳永日后的仕途埋下了重大隐患。

1015 年，柳永参加礼部考试，第二次落榜。此时柳永虽然仕途失利，但是他的词却越来越受欢迎，京城歌妓纷纷慕名而来请他写词。他经常出入秦楼楚馆，浪漫而放荡不羁的性格便显露出来，都市的繁华、歌妓的多情，使他沉醉其中，创作灵感也源源不断。

1018 年，柳永第三次参加考试。这次他终于中举了，只等皇上朱笔圈点放榜。宋仁宗看到“柳三变”的名字时，记起正是他写了“忍把浮名，换了浅斟低唱”，便毫不客气地把“柳三变”的名字从榜中抹去，并对大臣说：“此人好去‘浅斟低唱’，何要‘浮名’？且填词去。”因此，柳永第三次考试依然落榜。知道落榜原因后的柳永，哭笑不得，从此称自己是“奉旨填词”，“奉旨填词柳三变”由此而来。决心离开官场的柳永走向红尘，在一个个眠花卧柳的夜晚，创作了大量雅俗共赏的长歌短调。他那些表现平民百姓喜怒哀乐和青年男女爱情的通俗慢词，情真意切、言之有物，经歌妓演唱后，传遍大街小巷，走进千家万户，一时无人能及。在歌妓心目中，柳永地位极高，有歌唱道："不愿穿绫罗，愿依柳七哥；不愿君王召，愿得柳七叫；不愿千黄金，愿中柳七心；不愿神仙见，愿识柳七面。"

1024 年，已经 40 岁的柳永心中仍有遗憾，决定再考一次。但因之前落下了不好的名声，因此仍是落榜。为了消除自己声名不利的影响，柳永改"柳三变"为"柳永"，字耆卿。从"变"到"永"，体现出柳永心态的转变，也许柳永此时已决心放弃科举之路，从此放浪于市井之中。尔后柳永离开京城，愤然南下，临走的时候，他与自己的恋人虫娘依依不舍，写下了名传千古的《雨霖铃 · 寒蝉凄切》。游历了许多城市之后，柳永对京城仍有眷念。1029 年，柳永返回京城。汴京繁华依旧，但物是人非，触目伤怀，柳永又离开京城，前往西北。"有心栽花花不发，无心插柳柳成荫"，命运的转机往往就在不经意间出现。1034 年，宋仁宗特开恩科，对往年落第的才子放宽了要求，当时柳永已经年过半百，被授睦州团练推官，从此走上了仕途。

仕途风波

好景不长，柳永的仕途又遇风波。朝廷里有一位宦官十分欣赏柳永的才华，看他空有一身才学却从来没有受到重用，于是便告诉柳永有个机会可以让皇上开心，说不定能得到提拔，让柳永为皇上写一首歌功颂德的贺词。于是柳永写下了《醉蓬莱 · 渐亭皋叶下》，本意为赞美皇上，但因其中"此际宸游，凤辇何处"与仁宗哀悼真宗的挽联"宸游凤辇何处"意外相似，使得宋仁宗触目伤情。又因"太液波翻，披香帘卷，月明风细"一句有不祥之意，触犯了皇上的大忌，于是柳永被贬。

往后几年，他辗转于成都、潭州、杭州、苏州等地。1049 年，转官太常博士。次年，改任屯田员外郎，后人又称其为"柳屯田"。遂以此致仕，定居润州。

爱情故事

关于柳永的妻子，正史中没有记载，从他的词作中，可以看出他是娶了妻的。柳永有多首词表达了对家中妻子的思念，《忆帝京·薄衾小枕凉天气》写得最为深情，整首词意境凄美，短短几句，把自己的思念之情描写得淋漓尽致。柳永离开福建，在京城参加科举考试，与妻子渐行渐远，感情也出现了间隙。

到了京城之后他结交了许多红粉知己，有心娘、佳娘、酥娘、虫娘，还有陈师师、赵香香、徐冬冬等女子。词中出现最多的是虫娘，如《木兰花》中的“虫娘举措皆温润”，《集贤宾》中“就中堪人属意，最是虫虫”，《征部乐》中“但愿我、虫虫心下”，可以推测，柳永与虫娘有过一段爱情故事。大中祥符八年即 1015 年的时候，柳永第二次参加科举考试落第后，和虫娘关系发生破裂，之后柳永的词作中再也没有出现过虫娘。

后人传扬较多的是他与江州名妓谢玉英的爱情故事。1037 年，柳永调任余杭县令，途经江州时，结识了名妓谢玉英。谢玉英十分倾慕柳永，书房有一册《柳七新词》都是她抄录的。柳永与她一见如故，相知相爱。临别时，柳永写新词表示永不变心，谢玉英则发誓从此闭门谢客。柳永做余杭县令三年期满调回京城，临行时到江州与谢玉英相会。只是没想到谢玉英因生活所迫，又开始接客，于是柳永留下一首《击梧桐·香靥深深》离开了。“见说兰台宋玉，多才多艺善词赋，试与问、朝朝暮暮。行云何处去。”道尽了柳永的辛酸，三年前的恩爱，如今再也寻不见。谢玉英看到柳永写的词后十分后悔，于是进京寻柳永，几经周折，终于在京城名妓陈师师家找到了柳永。两人相见后，恩爱如初，自此，谢玉英与柳永如夫妻一般生活。

晚景凄凉

1053 年 5 月，69 岁的柳永去世。虽然当过小官，但是柳永为官清廉，生活清贫。晚年的柳永既无家室，也无财产。谢玉英曾与他拟为夫妻，为他戴孝。全国各地的歌妓听说柳永去世，纷纷赶来，为柳永置办葬礼。在葬礼上，歌妓们歌唱柳永为她们写过的词。之后每年清明节，都有大批歌妓聚集来到柳永坟前凭吊他，当时称为“吊柳会”。

创作：一人使宋词境界大开

根据《全宋词》收录，柳永存词 212 首，著有《乐章集》，词作生动地展现了北宋前、中期都市的繁华富庶、节日盛况和民情风俗，也有羁旅行役、歌功颂德、自叹生平之词，比较典型地体现了市民阶层和落魄士子的思想情趣。

柳永少时随父亲先后在山东、广西、扬州等地转徙，见识了不同城市的风俗，之后在进京考试的途中又经过杭州、苏州，更是开阔了眼界。他流连于烟花巷陌，都市的繁华、歌妓的多情开启了他创作的源泉。柳永早期创作了大量的都市风情词，这些词主要描绘城市风光和人文风情。

在描绘都市风光方面，柳永的词富丽壮阔，他极尽笔力将都市的繁华堆积而出，呈现出浩大壮阔的景象。《望海潮》写的是杭州，词中多用铺叙，展现广阔的图景，“重湖叠巘清嘉。有三秋桂子，十里荷花”“市列珠玑，户盈罗绮，竞豪奢”。柳永善于铺排，从多个角度展现钱塘风光。他用词作记录下了当时的风俗之华以及人物之盛。《倾杯乐》写的是汴京，“连云复道凌飞观。耸皇居丽，嘉气瑞烟葱茜。翠华宵幸，是处层城阆苑”，高大的建筑，壮丽的风景，呈现出一派祥和的景象。

在描绘人文风情方面，柳永的词生动鲜活。词中有大量对于民俗的描写，例如，正月十五的元宵、二月初二的踏青、三月的寒食清明、三月初一至四月初八的金明池争标、七月初七的乞巧，九月九日的登高等，在他的都市风情词里都得到生动的体现。《倾杯乐 · 禁漏花深》描写的是万民赏灯的元宵佳节，“变韶景、都门十二，元宵三五，银蟾光满。连云复道凌飞观。耸皇居丽，嘉气瑞烟葱茜。翠华宵幸，是处层城阆苑”，明亮的月光下，复道高耸入云，楼观凌空如飞，京都是多么雄伟壮丽。“嘉气瑞烟葱茜”一句，将“连云”的“复道”、凌空的“飞观”、壮丽高峻的“皇居”都笼罩在一片祥云瑞雾中，这不仅给实实在在的建筑物平添了几分朦胧缥缈的美感，更突出了一种吉庆祥和的气氛。《迎新春 · 嶰管变青律》描写的是少男少女们在元宵节时上街游玩的热闹景象，“香径里、绝缨掷果无数。更阑烛影花阴下，少年人、往往奇遇”。在这狂欢的海洋中，青年男女抛开了平日的清规和禁忌，大胆寻找爱情。《二郎神 · 炎光谢》是一首咏七夕的作品，“钿合金钗私语处，算谁在、回廊影下。愿天上人间，占得欢娱，年年今夜”，作者一反以往七夕词的伤感情调，把天上牛郎织女鹊桥相会的美丽传说和人间李隆基、杨玉环马嵬死别的动人故事，演绎、融汇为一个纯情浪漫的意境，抒发了对纯真爱情的美好祝愿和热烈向往。

从以上这些方面我们可以看出柳永都市词独特的艺术魅力，又因其词语言通俗，音律谐婉，在当时流传极其广泛，人称“凡有井水饮处，皆能歌柳词”。柳永的知名度和人气达到了空前高度，他使都市词成为一种词的题材，对词的发展作出了开拓性的贡献。

除了都市词，柳永也从女性视角创作了大量的爱情词。柳永的爱情词多以歌女和少妇为主题，抒发种种离愁和相思之情。《锦堂春 · 坠髻慵梳》这首词以女子的口吻，将女子对于恋人又爱又恨的心情写得淋漓尽致。“尽更深、款款问伊，今后敢更无端”，恋人风流成性，女子心烦意乱，女子幻想见面时，要惩罚恋人，不与他同床共枕，让他保证此后不再无赖爽约。柳永描写的情景真切自然，可以看出柳永对女性心理的了解。《蝶恋花·伫倚危楼风细细》是一首怀人之作，抒发了女子对远方恋人的思念之情。“拟把疏狂图一醉，对酒当歌，强乐还无味。衣带渐宽终不悔，为伊消得人憔悴”，女子为消遣心中的无尽愁思，举杯高歌而饮，妄图一醉方休，然而，强行求来的欢乐总是不尽如人意，不是由心底发出的快乐是如何也佯装不了的。

柳永的爱情词不仅仅是描写男欢女爱，还有他对人生、对爱情的深刻感悟。词中的女子大多沦入青楼，经历坎坷，柳永对她们表现出真诚的同情和怜惜，为这些女子发出呐喊。如在《浪淘沙慢·梦觉透窗风一线》中“有万般千种，相怜相惜”，表示柳永和歌女的感情日渐加深，已经上升为亲人一般的感情，他们相互爱怜、相互珍惜。柳永以一种平等的身份和歌妓交往，他在《惜春郎·玉肌琼艳新妆饰》中写道：“属和新词多俊格。敢共我勍敌。恨少年、枉费疏狂，不早与伊相识。”意思为这位歌妓很有才情，所作的新词有俊美之格调，在填词方面和“我”不相上下。悔恨自己年少轻狂，没有与她早点相识。在这里，“才子”与“佳人”的地位平等，他们不仅相知、相恋、相思，而且互相欣赏，惺惺相惜，把对方当作知己。柳永是第一个敢于把生活在社会最底层的歌妓们真、善、美的心灵写进词中的人，在词境的开拓上有重要贡献。《迷仙引·才过笄年》中塑造了一位身陷污泥而心向自由、光明、高洁的不幸歌妓的典型形象。“万里丹霄，何妨携手同归去。永弃却、烟花伴侣。免教人见妾，朝云暮雨”，写出歌妓对自由生活和美好爱情的渴望与追求。

柳永是矛盾的，一方面，他具有浪漫气息和音乐才华，眷恋俗世生活和爱情；另一方面，受家庭环境影响，又念念不忘仕途。正如他的词一样：“拟把疏狂图一醉，对酒当歌，强乐还无味。”他在仕途遇挫时，往往流连于舞榭歌台、酒楼妓馆，以感官上的享受暂时平复内心的失落与不平。《如鱼水》就是一首反映柳永这种人生态度与心理历程的词。“浮名利，拟拚休。是非莫挂心头。富贵岂由人，时会高志须酬。莫闲愁。共绿蚁、红粉相尤。向绣幄，醉倚芳姿睡，算除此外何求。”柳永在词中写到，名利于他如同浮云，只想与佳人共醉相恋，别无他求，洒脱之中实在也是一种无奈。但是他并不是真正的洒脱，而是仍有不甘。因此，他写下了大量羁旅词，表达挫折、矛盾、苦闷、辛酸、失意等复杂心态。这类词情感真切深沉，意境阔大苍凉，受到历代学者的称赞。《雨霖铃 · 寒蝉凄切》是词人在仕途失意，不得不离开京都时所作。“多情自古伤离别，更那堪，冷落清秋节。”以冷落凄凉的秋景作为衬托来表达和情人难以割舍的离情。宦途的失意和与恋人的离别，两种痛苦交织在一起，使词人更加感到前途的暗淡和渺茫。《双声子 · 晚天萧索》表现追求功名的封建士大夫的失志之悲和飘零的孤独，《归朝欢 · 别岸扁舟三两只》和《轮台子 · 一枕清宵好梦》抒发了羁旅漂泊的哀伤和浓浓的思归之情。

此外，柳永还写过不少歌颂帝王和达官贵人的词，如《望海潮 · 东南形胜》《醉蓬莱 · 渐亭皋叶下》。也写过一些自叙怀抱、自叹平生遭际的词，例如《戚氏》一篇，是《乐章集》中最长的一首词，他在词中对自己的生平作了回顾，字里行间颇多感触，“渐呜咽，画角数声残。对闲窗畔，停灯向晓，抱影无眠”。唱出了天涯沦落的不遇之士的悲音，被誉为《离骚》的遗风。

柳永一生失意，在艺术上却取得了巨大成功。柳永在宋代词坛上具有承前启后的作用，他将词从晚唐五代士大夫文人花间酒后，自我消遣的狭小天地中释放出来，变“雅”为“俗”，丰富了词的表现内容，在革新词体、词风、词境三个方面取得了突出的成就。

一、创新词体，大量创制慢词

唐五代至北宋前期，词的体式以小令为主，慢词总共不过 10 多首。到了宋初，词人擅长和常用的仍是小令，慢词占词作总数的比例很小。由于宋代都市的繁华，市民们重视生活上的享受，对音乐有了更高的要求，在听腻了急管繁弦的音乐之后，开始转而爱好节奏缓慢悠扬的曲子，对于词的需求也更大。于是，出现了与之匹配的节奏较缓，篇幅较长，字句较繁的词，称为慢词。

柳永正是大量创制慢词的第一人，宋人所用的800多种词调中，有100多种是柳永新创或首次使用。如《迎新春》《黄莺儿》《昼夜乐》《夜半乐》《戚氏》《望海潮》《迷神引》等，给后来的词人提供了范本，他们在此基础上自由发挥才华，写下了一篇篇千古绝唱。柳永能够取得如此的成就，得益于两个方面：一是柳永精通音律。词伴音乐而唱，不同的词牌在总句数、每句的字数、平仄上都有规定。从唐到宋，一般文人士大夫因不甚熟通音律，沿用以前的词牌，词的形式多为单调的小令或中调。柳永或利用民间原有的曲调，旧曲翻新，把小令扩展为慢词；或自创新调，丰富慢词的曲牌，极大地扩展了宋词的体量。他将自己的作品集取名为《乐章集》，可见他对音乐的熟悉和喜爱。二是柳永十分热爱词文学。柳永自幼时起，遇到好诗好词便会反复琢磨，体味其中的精妙之处。他潜心创作并大胆革新的精神，为词文学的繁荣和辉煌创造了必要的条件，为后人的创作奠定了良好的基础。

柳永在创作慢词时，创新了许多写作技法。“以赋为词”便是其一。赋，是我国古代的一种有韵文体，讲究文采、韵律，兼具诗歌和散文的性质。刘勰的《文心雕龙·诠赋》云：“赋者，铺也，铺采摛文，体物写志也。”赋的特点是铺叙辞藻，体察物象，抒写情志。柳永借用赋的铺叙手法，创作了不少代表作，《望海潮》即为一例。

东南形胜，三吴都会，钱塘自古繁华。烟柳画桥，风帘翠幕，参差十万人家。云树绕堤沙。怒涛卷霜雪，天堑无涯。市列珠玑，户盈罗绮，竞豪奢。

重湖叠巘清嘉。有三秋桂子，十里荷花。羌管弄晴，菱歌泛夜，嬉嬉钓叟莲娃。千骑拥高牙。乘醉听箫鼓，吟赏烟霞。异日图将好景，归去凤池夸。

这首词描写杭州的繁盛景象，词人采取了“总—分—总”式的写作安排。开头三句总说钱塘繁华景象，奠定了全词壮阔的基调。后文层层铺叙，“烟柳”三句用远景描绘钱塘地区面积之大与人口之多。“云树”三句同样是远景，描写钱塘江雄伟、广阔的自然景观。“市列”三句用近景进一步描写这个城市的繁华，具体到每条街，每户人家。下阙分两层，“重湖”六句描写西湖美景和市民的休闲生活。“千骑”五句写官员游湖赏景，气势浩大，最后又归结到对杭州的赞美。既层层铺展出杭州的繁花似锦、歌舞升平，又达到了“首尾圆合”的效果。我们仿佛闻到钱塘飘香的桂子与荷花，听到钱塘江的波涛声和街上市民的嬉戏声。羌管和菱歌相和，美景与游人相乐，如闻其声，如临其境。

白描也是柳永词的常用手法。白描是中国画的技法名称，指单用墨色线条勾描形象而不藻修饰与渲染烘托的画法；白描也是文学表现手法之一，主要用朴素简练的文字描摹形象。《雨霖铃·寒蝉凄切》主要使用白描的手法，表现作者离京南下时长亭送别的情景。上片纪别，下片述怀。“寒蝉凄切。对长亭晚，骤雨初歇”，这三句交代了时间和地点，深秋时节，耳边是秋蝉凄切的鸣叫，眼前是令人黯然伤神的暮雨黄昏，烘托出浓重的凄凉气氛。这里所写的景象中已暗含了词人的感情，而同时又为下片“冷落清秋节”的概括先伏一笔。“骤雨初歇”四个字意味着马上就要起行，自然地引出下面对临别时矛盾复杂心情的描写：“都门帐饮无绪，留恋处、兰舟催发。”“都门帐饮”，是指在京都的城门外设帐置酒送别。作者离开汴京南去，跟恋人话别，依恋不舍却又不得不分离，这时兰舟无情正催人出发。“执手相看泪眼，竟无语凝噎。”这两句描写握手告别时的情状，感情深挚，出语凄苦。临别之际，恋人似有千言万语要倾诉叮嘱，可是手拉着手，泪眼蒙眬，四目相对却一句话也说不出。无言胜有言，更见内心悲伤。“念去去、千里烟波，暮霭沉沉楚天阔。”这三句以景写情，寓情于景。“念”字领起，说明下面所写只是一种想象，而非实景。但虚中见实更能表现出离人的思绪和心境。白描手法使得言有尽而意无穷，使人读来不禁深受感染。

色彩也是柳永词的一个特色。柳永特别讲究色彩的运用。《醉蓬莱·渐亭皋叶下》中“嫩菊黄深，拒霜红浅，近宝阶香砌。玉宇无尘，金茎有露，碧天如水”。黄、红、金、碧，色彩丰富，以好天良夜，写祥瑞的老人星的出现，赞颂朝廷的圣明。另外，《木兰花慢·古繁华茂苑》中“晴景吴波练静，万家绿水朱楼”，《木兰花慢·拆桐花烂漫》中“正艳杏烧林，缃桃绣野，芳景如屏”，《凤衔杯·有美瑶卿能染翰》中“想初襞苔笺，旋挥翠管红窗畔”，等等，色彩斑斓，红的热烈、黄的富丽、绿的生机、白的宁静，皆入画中，华丽鲜明，美不胜收。

柳永大力创作慢词，从根本上改变了唐五代以来词坛上小令一统天下的格局，使慢词与小令两种体式平分秋色，齐头并进。在柳永之后，长篇的慢词才开始流行，以致后来的大词家无有不受其笼罩者。即使是苏轼、黄庭坚、秦观、周邦彦等人，也无不受惠于柳永。

二、拓展词风，兼备通俗与典雅

在柳永之前，以花间词派为代表的诗词内容奢靡繁华，情调香软柔媚，辞藻锦绣华丽，题材多为风花雪月，供筵席上遣兴娱宾之用。创作群体也是非常狭小的，一般为士大夫阶级所作，平民百姓难以接触与欣赏。柳永的创作将口语、俚语入词，使词雅俗共赏，进入寻常百姓家。

柳永一生仕途不顺，生活潦倒，颇不得志，他长期出入秦楼楚馆和下层市井之中，为教坊乐工和歌妓填词，供她们在酒肆歌楼里演唱，因此，他的词灵感来源市井，受众也是市井。柳永创作了大量俗词，俗词中多运用民间口语和俗语。据统计，柳永最喜欢用副词“恁”，共出现 58 次，“得”字出现 49 次，“争”字出现 36 次，“怎”字出现 10 多次。“人人”“无端”“消得”“真个”等这些民间通俗词汇也随处可见。柳词语言表达方式直白，如话家常，口语化在《红窗迥 · 小园东》这首词中表现得淋漓尽致，“小园东，花共柳。红紫又一齐开了。引将蜂蝶燕和莺，成阵价、忙忙走。花心偏向蜂儿有。莺共燕、契他拖逗。蜂儿却入、花里藏身，胡蝶儿、你且退后。”全词明白如话，简洁生动，用富有天真童趣的语言写出了一片热闹的春日景象。《婆罗门令》中“昨宵里恁和衣睡，今宵里又恁和衣睡”与平时口语并无二致。《望汉月》中“明月明月明月。争奈乍圆还缺”，极富民歌风味，语言简单，但是感情真切。

这种“明白而家常”“到口即消”的语言，正是词之本色，于平常中见词人功力。柳永用极其生动、浅近的语言写出的俚词，一扫晚唐五代词人的雕琢习气，正是在柳永手中，俚词才具备了和传统雅词分庭抗礼的资格。

柳永也有作为失意文人“雅”的一面，创作了游仙、咏史、咏物等题材。这类词在动词与形容词的运用上非常讲究，与爱情词的香艳截然不同。如“夕阳闲淡秋光老”（《少年游 · 参差烟树灞陵桥》），“江枫渐老，汀蕙半凋”（《卜算子慢 · 江枫渐老》），“晚秋天，一霎微雨洒庭轩”（《戚氏 · 晚秋天》），“冻云黯淡天气，扁舟一叶，乘兴离江渚”（《夜半乐 · 冻云黯淡天气》），用词简洁、有力，有萧索、劲健之感。有人以为，柳词胜处在气骨，那么，气骨也正得力于他的用字。

柳永的俗词与雅词的创作，在士大夫文化与市民生活之间架起了一道桥梁，加快了通俗文学发展的进程，促进了文化的普及，在中国文学史上具有十分重要的意义。

三、拓宽词境，抒发个人心志

唐五代小令中所书写的大都是闺阁间的伤怨离别，表达伤春悲秋之感。柳永的词则直抒胸臆，写出了失志之悲，表现出强烈的自我意识。所谓自我，就是创作主体。唐五代中，勇于、善于表现自我的很是罕见，柳永在自我形象和自我感情的介入方面有了新的突破，极大地开拓了词的境界。

典型代表之一为羁旅行役词。柳永的羁旅行役之作约为 40 首，占现存柳词的五分之一左右。柳永常在这类词中写开阔壮大的日暮、晚秋之景，通过这些景物的气势，表现功业未达，时不留人的愁绪，达到情景相生的境界。《少年游》一词中，“长安古道马迟迟，高柳乱蝉嘶。夕阳岛外，秋风原上，目断四天垂。归云一去无踪迹，何处是前期。狎兴生疏，酒徒萧索，不似去年时。”用字有力、简净。秋景本来就给人木叶尽落、空阔爽朗的感觉，加上柳永用由人物的类型表现到自我表现。本来就已经注定了是一个充满矛盾不被接纳的悲剧人物，而他由后天养成的用世之意，与他先天禀赋的浪漫的性格和才能，也互相冲突。他在早年时，虽然可以将失意之悲，借歌酒风流以自遣，但是歌酒风流毕竟只是一种麻醉，而并非可以长久依恃之物，于是年龄老大之后，遂终于落得了志向与感情全部落空的下场。《迷神引 · 一叶扁舟轻帆卷》中“异乡风物，忍萧索，当愁眼。帝城赊，秦楼阻，旅魂乱”，这首词是柳永个人生活的缩影：少年不得志，便客居京都，流连坊曲，以抒激愤；中年入仕却不得重用，又隔断秦楼难温旧梦，心中苦不堪言。上片言“暂泊”之愁，下片道“游宦”之苦，表现出词人对仕途的厌倦情绪和对早年生活的向往，内心十分矛盾痛苦。《定风波 · 伫立长堤》中“奈泛泛旅迹，厌厌病绪，迩来谙尽，宦游滋味”，这首词是柳永失意人生的咏叹，以悲情贯穿全篇，一步紧似一步、一层深似一层地写尽了下层文人士子仕宦之途的矛盾心理和悲剧命运。

柳永的爱情词中也表现出强烈的自我意识。古代文人写自己的情爱大都采用了喻情手法。写的是美人，说的是自己，常作美人芳草之喻。柳永的词一改旧风，表现的是一个“直”，追求的是一个“真”，由喻情写作到直情写作。《秋蕊香引 · 留不得》是一首悼亡词，写得更直白，更真切：“留不得。光阴催促，奈芳兰歇，好花谢，惟顷刻。彩云易散琉璃脆，验前事端的……向仙岛，归冥路，两无消息。”起头写“留不得”，撕心呐喊，响云裂帛；结尾写“向仙岛，归冥路，两无消息”，忧思深重。柳词在创作主体介入方面的变化，对后世词人也产生了深远的影响。

此外，还有自述生平词。他的《传花枝 · 平生自负》中“平生自负，风流才调”，八个字写出了他一生的品性与形象。柳永于《鹤冲天 · 黄金榜上》一词中呼出“才子词人，自是白衣卿相”的呐喊，是一代才人的心声，更是个体人格力量的觉悟。

柳永失意的人生成就了他，作为宋词史上举足轻重的词人，柳永在词体、词风、词境的革新，使得宋词境界大开，给后来的词人以启发。黄庭坚和秦观的俗词与柳词一脉相承；秦观的雅词长调，铺叙点染之法，也从柳词变化而出；周邦彦慢词的章法结构，同样是从柳词脱胎；苏轼更是吸取了柳词的表现方法和革新精神，从而开创出词的另一种风格。

柳永词集

安公子·远岸收残雨

远岸收残雨。雨残稍觉[1]江天暮。拾翠[2]汀洲人寂静，立双双鸥鹭。望几点、渔灯隐映蒹葭[3]浦。停画桡[4]、两两舟人语。道去程今夜，遥指前村烟树。

游宦成羁旅[5]。短樯吟倚闲凝伫。万水千山迷远近，想乡关何处。自别后、风亭月榭孤欢聚。刚断肠、惹得离情苦。听杜宇声声，劝人不如归去。

◇注释

[1] 稍觉：渐渐感觉到。

[2] 拾翠：拾取翡翠鸟的羽毛。指古代妇女出游时的一种游戏。

[3] 蒹葭（jiān jiā）：芦苇。

[4] 桡（ráo）：船桨。

[5] 羁旅：长久寄居他乡。

◇译文

向远处的岸边望去，雨将要停歇，雨渐小后才发觉已经日暮。水边的小洲上一片寂静，没有拾翠的人，只有双双鸥鹭立在水边。几点渔灯在芦苇浦中时隐时现。水边的停舟上两人在闲谈，问到今晚去哪里？遥指远处烟树笼罩下的一处村庄。

四处为官，一直寄居他乡。闲时倚在桅杆上凝思伫立。万水千山相隔不知远近，家乡在何处呢？自从离别后，亭台楼榭独在，不见人欢聚。想到这肝肠寸断，离别之情分外凄苦。听到杜鹃声声，如同在劝人不如回去。

安公子·梦觉清宵半

梦觉[1]清宵半。悄然屈指听银箭[2]。惟有床前残泪烛，啼红相伴。暗惹起、云愁雨恨情何限。从卧来、展转千馀遍。任数重鸳被，怎向孤眠不暖。

堪恨还堪叹。当初不合轻分散。及至厌厌独自个，却眼穿肠断。似恁地、深情密意如何拚[3]。虽后约、的有[4]于飞愿。奈片时难过，怎得如今便见。

◇注释

[1] 梦觉：梦醒。

[2] 银箭：指银饰的标记时刻以计时的漏壶。

[3] 拚（pàn）：同“拼”，舍弃。

[4] 的（dí）有：的确有。

◇译文

从梦中惊醒时夜已过半。静静地屈指数着漏滴声。床前的红烛燃烧着，如同流泪一般，只有它与我相伴。暗暗引起我的离愁之恨。独自躺在床上，到现在已辗转反侧了千余遍。怎奈一个人睡，盖了数层鸳鸯被也感觉不到暖和。

又悔恨又叹息的是，当初不该轻易分离。到如今独自无聊，望眼欲穿愁断肠。如此情深意浓如何才能和好如初？虽然确实约定日后相见，但这也只是美好的愿望。奈何这片刻的难过，如何才能得以马上相见？

卜算子慢·江枫渐老

江枫渐老，汀蕙[1]半凋，满目败红衰翠。楚客登临，正是暮秋天气。引疏砧[2]、断续残阳里。对晚景、伤怀念远，新愁旧恨相继。

脉脉人千里。念两处风情，万重烟水。雨歇天高，望断翠峰十二。尽无言、谁会凭高意。纵写得、离肠万种，奈归云[3]谁寄。

◇注释

[1] 汀蕙：水边的兰草。

[2] 疏砧（zhēn）：稀稀疏疏的捣衣声。

[3] 归云：归思。

◇译文

江边的枫叶渐渐衰老，水洲的蕙草已凋零近半，满眼都是衰败的红花绿叶。在楚乡作客，登高望远，正是晚秋天气。稀稀疏疏的捣衣声，断续的在残阳里回响。面对这傍晚的景象，心情悲伤，想到了远行的人，新愁和旧恨接连涌起。

所思之人在千里之外。两处思念情怀，相隔千山万水。雨停后天空高远，可以望见远处十二座苍翠的山峰。无言相诉，谁能体会我登高望远的心情？纵然写出了千万种离愁，无奈谁能驾驭行云将我的相思情书寄去呢？

八声甘州·对潇潇暮雨洒江天

对潇潇[1]暮雨洒江天，一番洗清秋[2]。渐霜风凄惨[3]，关河冷落，残照当楼。是处红衰翠减，苒苒物华休。惟有长江水，无语东流。

不忍登高临远，望故乡渺邈，归思难收。叹年来踪迹，何事苦淹留。想佳人、妆楼颙望[4]，误几回、天际识归舟。争知我、倚阑干处，正恁凝愁。

◇注释

[1] 潇潇：风雨声。

[2] 一番洗清秋：风雨过后，秋天更加凄清。

[3] 霜风凄惨：秋风吹得急而凄凉。

[4] 颙（yóng）望：远望。

◇译文

看着傍晚时分的雨潇潇而下，洒落在江面上，经过一番雨洗的秋天，显得分外清朗。凄凉的霜风吹得越来越紧，关山江河冷清落寞，落日的余光照在高楼上。到处都是零落的红花翠叶，一切美好的景物渐渐衰败。只有那滔滔的长江水，默默地向东流去。

不忍心登高望远，眺望渺茫遥远的故乡，想回家的心思难以收拢。感叹这些年来的行踪，为什么苦苦地长期停留在异乡？想着佳人正在楼上远望，多少次错把远处驶来的船当作心上人回家的船。她哪会知道我倚着栏杆，正如此的忧愁！

促拍满路花·香靥融春雪

香靥[1]融春雪，翠鬓亸秋烟。楚腰纤细正笄年。凤帏夜短，偏爱日高眠。起来贪颠耍，只恁残却黛眉，不整花钿[2]。

有时携手闲坐，偎倚绿窗前。温柔情态尽人怜。画堂春过，悄悄落花天。最是娇痴处，尤殢檀郎[3]，未教拆了秋千。

◇注释

[1] 香靥：美人面容。靥，脸上的酒窝。

[2] 花钿：珠宝制成的花朵形首饰。

[3] 殢（tì）：纠缠。檀郎：晋代潘安貌美，小名檀奴。这里为女子对男子的爱称。

◇译文

美人一笑融化了春天的雪，黑润的鬓发垂下来像秋日的烟霭。腰肢纤细正值十五六岁。睡在绣着凤凰图案的幔帐里觉得夜短，喜欢睡到日头高照。起来就玩耍，任凭残眉也不画，亦不修整花钿。

有时牵手闲坐，依偎在绿意盎然的窗前。温柔的情态让人爱怜。堂前的春天已过，落花时节悄悄来临。最为天真可爱的是，仍然缠着情郎，不让他拆秋千架。

采莲令·月华收

月华收[1]，云淡霜天曙。西征客、此时情苦。翠娥执手送临歧，轧轧[2]开朱户。千娇面、盈盈伫立，无言有泪，断肠争忍回顾。

一叶兰舟，便恁急桨凌波去。贪行色、岂知离绪。万般方寸[3]，但饮恨，脉脉同谁语。更回首、重城不见，寒江天外，隐隐两三烟树。

◇注释

[1] 月华收：月亮落下，天将亮。

[2] 轧轧：象声词，开门的声音。

[3] 方寸：指心绪，心情。

◇译文

月光渐收，云淡淡，下了霜的天将亮。远行西去的人，此时心情最苦。美人把朱红的大门打开，握着我的手送我到分别的路口。千娇百媚的面容、美好的身姿，她久久地站着，没有话，只流泪。我肝肠寸断，怎么忍心回头再看她一眼呢？

我乘坐一叶扁舟，便这样急急地凌波而去了。船家急于赶路，他怎么能体会离人的心情！万般离别的情绪，只能怀怨在心，这满腹的话又能对谁去说呢？待到我再回头时，已经看不到重城了。寒冷的秋江上，只能看到天边隐隐约约有两三棵烟蒙蒙的树。

长寿乐·繁红嫩翠

繁红嫩翠。艳阳景，妆点神州明媚。是处楼台，朱门院落，弦管新声腾沸。恣游人、无限驰骤[1]，骄马车如水[2]。竟寻芳选胜，归来向晚，起通衢[3]近远，香尘细细。

太平世。少年时，忍把韶光轻弃。况有红妆，楚腰越艳，一笑千金何啻。向尊前、舞袖飘雪，歌响行云止。愿长绳、且把飞乌系。任好从容痛饮，谁能惜醉。

◇注释

[1] 驰骤：驰骋，疾奔。

[2] 骄马车如水：马匹矫健，车如流水，形容车马众多。

[3] 通衢（qú）：四通八达的道路。

◇译文

繁盛的花，嫩绿的叶，艳阳高照，将京城装点得十分明媚。到处是高楼台榭、红门院落，乐器吹奏着新曲，人声鼎沸。任凭游人尽情在街上疾驰，车马来往不绝，竞相寻游美景名胜。归来已日暮，四通八达的道路上，女子们走路带起的尘土也是芳香的。

太平盛世，正当青春年少，不忍浪费美好的春光，何况还有楚腰越艳一样的美女相伴，她们一笑何止只值千金啊！酒宴上的舞袖如同飘飞的雪花，歌声响遏行云。我愿用长绳系住太阳，好从容痛饮，谁能怕醉！

传花枝·平生自负

平生自负，风流才调[1]。口儿里、道知张陈赵[2]。唱新词，改难令[3]，总知颠倒。解刷扮[4]，能哄嗽，表里都峭。每遇著、饮席歌筵，人人尽道。可惜许老了。

阎罗大伯曾教来，道人生、但不须烦恼。遇良辰，当美景，追欢买笑。剩活取百十年，只恁厮好。若限满、鬼使来追，待倩个、掩通著到。

◇注释

[1] 才调：才情。

[2] 张陈赵：以姓氏泛指社会名人，说明自己交游广。

[3] 改难令：以难度较大的曲调作词。

[4] 解刷扮：懂得装扮演剧。

◇译文

我一向自负，风流倜傥，才情出众。交游的人都是社会名人。唱新词，给难度较大的曲子作词，总能知晓其中究竟。深通化妆，深谙气功，可以称得上内外都优秀。每每遇到宴席，人们为我惋惜道：可惜就这样老了。

阎王大爷曾教导我，人生在世，不要忧愁烦恼，遇上良辰美景，就尽情地寻求欢乐。活上个百十年，我对你只能这样好了。如果你的大限将至，鬼使来捉拿你，你就直接到我这里来报到。

笛家弄·花发西园

花发西园，草薰[1]南陌，韶光明媚，乍晴轻暖清明后。水嬉舟动，禊饮[2]筵开，银塘似染，金堤如绣。是处王孙，几多游妓，往往携纤手。遣离人、对嘉景，触目伤怀，尽成感旧。

别久。帝城当日，兰堂[3]夜烛，百万呼卢[4]，画阁春风，十千沽酒。未省、宴处能忘管弦，醉里不寻花柳。岂知秦楼，玉箫声断，前事难重偶。空遗恨，望仙乡，一饷消凝，泪沾襟袖。

◇注释

[1] 草薰：青草散发香气。

[2] 禊饮：在禊礼上的宴饮。禊，古代于春秋两季在水边举行的一种祭礼。

[3] 兰堂：指妓家。

[4] 呼卢：掷骰子等博戏时发出的叫喊声。

◇译文

西边园子里的花开了，南边道路上的青草散发香气，阳光明媚，清明后突然放晴天气回暖。游船上的人在水上嬉戏，在禊礼上的宴饮开始了，池塘如同染上了银色，湖堤如金线绣成。到处都是王孙贵族和游玩的妓女一起牵着手。让远离家乡的人，对着这样的场景，触目伤情，感怀旧事。

离开太久了，回想在帝京的时候，夜晚点着蜡烛，在堂前博戏，画阁里吹入春风，取十千钱让人去买酒。没想到，宴会尽兴时忘记了听音乐，酒醉想不起去寻花问柳。怎知如今秦楼上的玉箫声断，以前的快乐再难遇到。空留下怨恨，遥望帝京，一时间愁绪郁结，泪水沾湿了襟袖。

定风波·伫立长堤

伫立长堤，淡荡晚风起。骤雨歇、极目萧疏，塞柳万株，掩映箭波[1]千里。走舟车[2]向此，人人奔名竞利。念荡子、终日驱驱[3]，争觉乡关转迢递[4]。

何意。绣阁轻抛，锦字难逢，等闲度岁。奈泛泛旅迹，厌厌病绪，迩来谙尽，宦游滋味。此情怀、纵写香笺，凭谁与寄？算孟光[5]、争得知我，继日添憔悴。

◇注释

[1] 箭波：水波迅速，如同飞箭一样。

[2] 走舟车：水路旱程并进。

[3] 驱驱：在外漂泊。

[4] 迢递：形容路途遥远。

[5] 孟光：古代“四大丑女”之一，为人贤淑，东汉贤士梁鸿的妻子。“举案齐眉”讲的就是梁氏夫妇的故事。

◇**译文**

久久地站立在长堤之上，舒缓的晚风吹拂着。骤雨刚过，放眼望去一片萧条冷落，塞外堤坝上的千万株柳树，掩映着奔腾的江河。无论是水路还是旱路，人们都争相着往这里来追名逐利。想到游子终日不停地漂泊，怎么会察觉到已经离家乡越来越远。

有什么意义呢？轻率地离开绣阁，很难收到妻子的来信，一年很快就过去了。无奈地到处旅行，厌烦的情绪，近来尝尽了在外流动做官的滋味，这些情怀，就是写成书信，又能寄给谁呢？即使孟光一样的女子，又怎么能知道我一天比一天憔悴呢？

定风波·自春来

自春来、惨绿愁红，芳心是事可可[1]。日上花梢，莺穿柳带，犹压香衾卧。暖酥消，腻云亸[2]。终日厌厌倦梳裹。无那[3]。恨薄情一去，锦书无个。

早知恁么。悔当初、不把雕鞍锁。向鸡窗[4]、只与蛮笺象管[5]，拘束教吟课。镇相随，莫抛躲。针线闲拈伴伊坐。和我。免使年少，光阴虚过。

◇注释

[1] 是事可可：对什么事情都无兴趣。可可，无关紧要，不在意。

[2] 腻云亸（duǒ）：女子头发垂下来的样子。

[3] 无那：无奈。

[4] 鸡窗：指书窗或书斋。

[5] 蛮笺象管：纸和毛笔。蛮笺，古时四川所产的彩色笺纸。象管，象牙做的笔管。

◇译文

自入春以来，看到绿叶红花也像是带着愁苦，心中对什么事都不感兴趣。太阳已经升上树梢，黄莺在柳条间穿飞啼叫，我仍然躺着睡觉。细嫩的肌肤已渐渐消瘦，满头的秀发低垂散乱，终日里百无聊赖，无心梳妆打扮。无奈。恨薄情郎一走，连个音信也没有。

早知道这样，后悔当初没有把宝马锁起来。真该把他留在家里，让他对着书窗，与纸笔为伴，吟诗作词。我整日里与他相伴，不会被抛弃，慵懒地捻着彩线坐在他的身旁。一起陪伴，免得我年少的青春虚度。

蝶恋花·伫倚危楼风细细

伫倚危楼[1]风细细。望极春愁，黯黯生天际。草色烟光残照里。无言谁会[2]凭阑意。

拟把疏狂图一醉。对酒当歌，强乐[3]还无味。衣带渐宽终不悔。为伊消得人憔悴。

◇注释

[1] 伫倚危楼：长时间倚靠在高楼的栏杆上。危楼，高楼。

[2] 会：理解。

[3] 强（qiǎng）乐：勉强欢笑。强，勉强。

◇译文

长时间倚靠在高楼的栏杆上，微风细细地吹拂。望不尽的春日离愁，从遥远的天际升起。碧绿的草色和缭绕的雾气掩映在落日余晖里，无人理解我靠在栏杆上的心情。

想要豪放地一醉方休，举杯高歌，勉强欢笑却觉得毫无意味。日渐消瘦也不懊悔，宁愿为她形容憔悴。

斗百花·飒飒霜飘鸳瓦

飒飒霜飘鸳瓦[1]，翠幕轻寒微透，长门深锁悄悄，满庭秋色将晚。眼看菊蕊，重阳泪落如珠，长是淹残粉面。鸾辂[2]音尘远。

无限幽恨，寄情空殢纨扇。应是帝王，当初怪妾辞辇[3]。陡顿[4]今来，宫中第一妖娆，却道昭阳飞燕[5]。

◇注释

[1] 鸳瓦：鸳鸯瓦，两两成对的瓦。

[2] 鸾辂（lù）：即鸾车，皇帝所乘之车。

[3] 辇：古代用人拉的车，后来多指皇帝、皇后坐的车。

[4] 陡顿：猝然变化。

[5] 昭阳飞燕：昭阳，指昭阳宫。飞燕，指赵飞燕。因赵飞燕居于昭阳宫，因此称为昭阳飞燕。赵飞燕出身平民，汉成帝刘骜的第二任皇后。汉成帝去世后被贬为庶人，令其看守陵园，最终赵飞燕自杀身亡。

◇译文

飒飒的寒风吹过，鸳鸯瓦上结了霜。风吹过翠绿的帘幕，带来阵阵寒意，静悄悄的长门宫一直紧锁大门，满院的晚秋景色。眼看着盛开的菊花，想起到了重阳节，在宫内泪如珠下。泪水冲残了脸上的胭脂，皇帝的鸾车铃声离长门宫都很远。

无限的幽怨与悔恨，只能将感情托付纨扇。当初帝王怪罪我不乘坐他的马车，如今猝然变化，宫中第一美女，却成了昭阳殿里的赵飞燕。

斗百花·煦色韶光明媚

煦色韶光明媚。轻霭低笼芳树。池塘浅蘸烟芜，廉幕闲垂[1]风絮。春困厌厌，抛掷斗草[2]工夫，冷落踏青心绪。终日扃[3]朱户。

远恨绵绵，淑景迟迟难度。年少傅粉，依前醉眠何处。深院无人，黄昏乍拆秋千，空锁满庭花雨。

◇注释

[1] 廉幕闲垂：帘幕悬挂起来也是闲置。帘幕本是用来遮掩夫妻亲昵之用的，由于丈夫不在家，所以帘幕成了一种没有必要的摆设。

[2] 斗草：古代民间习俗。农历五月初五有斗草之戏，唐宋时称为“斗百草”。

[3] 扃（jiōng）：关闭门户用的门闩、门环等，此处是关闭之意。

◇译文

春光明媚，阳光和暖，轻轻的烟霭笼罩着低低的树丛。池塘上飘着如烟的雾气，帘幕低垂挡住了飞絮。春日困乏，精神不振，抛弃了斗草游戏，冷落了踏青的心情。整天关着房门。

怨恨绵绵不绝，又不知从何恨起，即使是春光美好也觉得时间难挨。年轻的郎君，你和从前一样吗？不知又在哪里眠花宿柳呢？深深的庭院空无一人，黄昏时刚刚拆掉了秋千，空锁一院子落花。

斗百花·满搦宫腰纤细

满搦宫腰[1]纤细。年纪方当笄岁[2]。刚被风流沾惹，与合垂杨双髻。初学严妆，如描似削身材，怯雨羞云情意。举措多娇媚。

争奈心性，未会先怜佳婿。长是夜深，不肯便入鸳被。与解罗裳，盈盈背立银釭[3]，却道你但先睡。

◇注释

[1] 满搦（nuò）：一把可以握持。搦，持；握。宫腰：宫女之腰。古代女子以腰肢纤细为美。据说楚灵王喜爱细腰，宫中妃嫔千方百计使自己腰细，以之邀宠。

后来把细腰女子称为楚腰或宫腰。

[2] 笄（jī）岁：指女子盘发插笄的年龄。古代女子到了15岁须把头发梳成云髻，用簪子别起来，以示成年。笄，束发用的簪子。

[3] 银缸：银白色的烛台，指灯盏。

◇译文

刚成年的少女腰肢纤细，刚好可以一把握住。出嫁时还不解风流之事，把头上的双丫髻挽成了云髻。初次学习化严整的妆，身材如同雕刻、绘画出来的一样完美，对于男女之事感到羞怯。举手投足间十分娇媚。

怎奈心性天真，还没有学会主动抢先向丈夫示爱。到了深夜，还不肯入睡，丈夫给她脱衣服，羞怯地背对着烛灯，对丈夫说：你先去睡吧。

二郎神·炎光谢

炎光谢[1]。过暮雨、芳尘轻洒。乍露[2]冷风清庭户，爽天如水，玉钩遥挂。应是星娥嗟久阻，叙旧约、飙轮欲驾。极目处、微云暗度[3]，耿耿[4]银河高泻。

闲雅。须知此景，古今无价。运巧思、穿针楼上女，抬粉面、云鬟相亚。钿合金钗私语处，算谁在、回廊影下。愿天上人间，占得欢娱，年年今夜。

◇注释

[1] 炎光谢：暑气消退。谢，消歇。

[2] 乍露：初次结露或接近结露的时候。

[3] 微云暗度：淡淡的云朵在不知不觉中慢慢移动。微云，指高空中天河旁的薄云。

[4] 耿耿：明亮的样子。

◇译文

暑气消退。傍晚的一场雨，洗净了尘土。冷风突然吹进来，门庭里感到很清冷，碧空如水，一弯新月遥挂。应该是嫦娥叹息分离太久，想要奔赴约定，驾车疾驰。放眼望去，淡淡的云朵在不知不觉中慢慢移动，明亮的银河高悬若泻。

闲适文雅的景色，古往今来都是无价的。楼上的绣女穿针引线，同样的施了粉黛的脸，梳着相似的发髻。猜是谁在回廊的影下，交换信物，窃窃私语。希望天上人间都欢乐，年年都像今夜。

凤栖梧·蜀锦地衣丝步障

蜀锦地衣丝步障。屈曲回廊，静夜闲寻访。玉砌雕阑[1]新月上。朱扉半掩人相望。

旋暖熏炉温斗帐[2]。玉树琼枝，迤逦[3]相偎傍。酒力渐浓春思荡。鸳鸯绣被翻红浪。

◇注释

[1] 玉砌：用玉石砌的台阶。雕阑：也作“雕栏”，雕花或彩绘的栏杆。

[2] 斗帐：形如覆斗的帐子。

[3] 迤逦：缠绵的样子。

◇译文

地毯用蜀地锦绣制成，屏风用丝织品制成。穿过曲曲折折的走廊，在静谧的夜晚寻觅探访故人。站在玉石砌的台阶上，扶着雕刻花纹的栏杆望到一轮新月升起。红漆门半掩着屋内外的人相望。

熏炉中散发的热气温暖了形如覆斗的帐子。男子俊如玉树临风，女子美如琼枝婀娜多姿。相依相偎，情意缠绵。酒意渐浓，情思荡漾，在鸳鸯被里深眠共梦。

凤栖梧·帘内清歌帘外宴

帘内清歌帘外宴。虽爱新声，不见如花面。牙板[1]数敲珠一串，梁尘暗落[2]琉璃盏。

桐树花声孤凤怨。渐遏遥天，不放行云散。坐上少年[3]听不惯。玉山未倒[4]肠先断。

◇注释

[1] 牙板：歌女演唱时用以拍节之板。

[2] 梁尘暗落：形容歌声嘹亮，可以吹动梁上之尘。出自刘向《别录》：“鲁人虞公发声清，晨歌动梁尘。”

[3] 坐上少年：柳永自谓。

[4] 玉山未倒：指人还没有喝醉。玉山，形容男子仪容之美。

◇译文

帘内的清歌助兴着帘外的酒宴，虽然听得到演唱的新曲，但是看不到歌女如花般的容貌。牙板的节拍声如同落珠，房梁上的尘土被震动，落入了琉璃酒杯中。

歌声哀怨，如同梧桐花深处孤单的凤凰啼叫。声音一直穿透到遥远的天上，响遏行云。我坐在席上被这歌声深深打动，人还没有喝醉，肝肠已断。

凤衔杯·有美瑶卿能染翰

有美瑶卿能染翰[1]。千里寄、小诗长简，想初襞苔笺[2]，旋挥翠管[3]红窗畔。渐玉箸、银钩满[4]。

锦囊收，犀轴[5]卷。常珍重、小斋吟玩。更宝若珠玑，置之怀袖时时看。似频见、千娇面。

◇注释

[1] 染翰：写字作诗。

[2] 襞（bì）：原意为衣服上的褶子，此指折纸。苔笺：用苔纸制成的小笺。

[3] 翠管：毛笔，因笔杆以玉制成，故称翠管。

[4] 玉箸（zhù）、银钩：分别指篆书和草书，此处形容书法之美。

[5] 犀轴：犀角做的轴，以示珍贵。

◇译文

美丽的瑶卿会写字作诗，她从千里之外寄来了一首小诗，一封长信。看了诗和信后，想象到她折纸准备书写时的样子，在红色小轩窗旁，挥动翠管。篆书和草书，都写得恰到好处。

我把它们用犀轴卷起，收进锦囊中。经常珍重地在书房里欣赏把玩。更把她的书信看成珠玉一样宝贵，放在怀里和袖中，时时欣赏。看见书信，就仿佛看到她千娇百媚的容颜。

凤衔杯·追悔当初孤深愿

追悔当初孤深愿[1]。经年价[2]、两成幽怨。任越山吴水[3]，似屏如障[4]堪游玩。奈独自、慵抬眼。

赏烟花，听弦管。图欢笑、转加肠断。更时展丹青，强拈书信频频看。又争似、亲相见。

◇注释

[1] 孤深愿：辜负深切的愿望。孤，同“辜”，辜负。

[2] 经年价：数年来。价，语尾助词，无实意。

[3] 越水吴山：越地、吴地的山山水水。

[4] 似屏如障：好像屏风上画的一样美丽。屏、障，均指屏风。

◇译文

追悔当初，辜负了深切的愿望。经过多年，两个人都心生怨恨。任凭吴越的山水仿佛屏风上的画一样美丽并且可以游玩，独自一人，也懒得抬眼看。

欣赏烟雾笼罩中的花，听丝竹管弦的演奏。本来是为了开心，反而更加令人断肠。更时时展开妻子的画像，频繁地拿起书信反复看。又怎么能像亲眼见到了一样呢？

凤凰阁·匆匆相见

匆匆相见，懊恼恩情太薄。霎时云雨人抛却。教我行思坐想，肌肤如削[1]。恨只恨、相违旧约。

相思成病，那更潇潇雨落。断肠人在阑干角。山远水远人远，音信难托。这滋味、黄昏又恶。

◇注释

[1] 肌肤如削：肌肤像被刀削了一样。形容迅速消瘦。

◇译文

匆匆见了一面，懊恼情分太浅，片刻就被同床共枕的人抛弃了。让我行也思，坐也想，身体迅速消瘦，如同被刀削了一样。只恨你，违背了以前的约定。

相思成病，又逢雨潇潇而下。我在栏杆一角独自断肠。山远水远人远，书信难寄。这滋味，到了黄昏更加不好。

凤归云·恋帝里

恋帝里，金谷园林，平康巷陌，触处繁华，连日疏狂，未尝轻负，寸心双眼。况佳人、尽天外行云，掌上飞燕。向玳筵[1]、一一皆妙选。长是因酒沉迷，被花萦绊。

更可惜、淑景亭台，暑天枕簟。霜月夜凉，雪霰朝飞，一岁春光，尽堪随分，俊游[2]清宴。算浮生事，瞬息光阴，锱铢名宦。正欢笑，试恁暂时分散。却是恨雨愁云，地遥天远。

◇注释

[1] 玳筵：豪华的宴席。

[2] 俊游：愉快的游赏。

◇译文

怀念京都，富庶人家的园林，平康坊的大街小巷，所到之处都是繁华的景象。近日里放荡不羁，没有辜负自己的心和双眼。何况佳人都像天边的行云，掌上的飞燕一样稍纵即逝。盛宴上，每个都是千里挑一的佳人，因此我沉迷于酒色之中。

更让人喜爱的是春日美好景色里的亭台，夏天里的凉席。秋夜月下的冷霜，冬天漫天飞舞的雪花，一年里的风光，都可以随便看到，愉快地游赏，清静地聚会。盘算这一生，光阴转瞬即逝，名声与官位都是很小的事。正高兴的时候，却像这样暂时分开。只能怨恨云雨，地远天长。

法曲献仙音·追想秦楼心事

追想秦楼心事，当年便约，于飞比翼。每恨临歧处，正携手，翻成云雨离拆[1]。念倚玉偎香[2]，前事顿轻掷。

惯怜惜。饶心性[3]，镇厌厌多病，柳腰花态娇无力。早是乍清减，别后忍教愁寂。记取盟言，少孜煎、剩好将息[4]。遇佳景、临风对月，事须时恁相忆。

◇注释

[1] 离拆：分离。

[2] 倚玉偎香：男女亲密地偎依。

[3] 饶心性：心灵品行美好。

[4] 孜煎：忧愁、烦忧。将息：调养休息。

◇译文

回想在秦楼时的心事，当年约定，比翼双飞，悔恨到分别的路口时，牵着的手如云雨一般被拆散。怀念亲密依偎的时候，以前的美好时光被轻易地抛弃了。

一如既往地怜惜你。你的心灵品行美好，但是体弱多病，柳枝般的腰，花一样的面容，娇弱无力。分别后愁闷寂寞，突然消瘦。要记得以前的盟言，少一些忧愁，好好调养身体。等遇到了良辰美景，临着风，对着月亮，到那时再回忆。

隔帘听·咫尺凤衾鸳帐

咫尺凤衾鸳帐，欲去无因到。虾须窣地重门悄。认绣履频移，洞房杳杳[1]。强语笑。逞如簧、再三轻巧。

梳妆早。琵琶闲抱。爱品相思调[2]。声声似把芳心告。隔帘听，赢得断肠多少。恁烦恼。除非共伊知道。

◇注释

[1] 洞房杳杳：幽深昏暗的洞房。

[2] 相思调：传达相思的曲子。

◇译文

你的闺房近在咫尺，想要去却没有理由。重重院门深闭静悄悄的。即使听得到你频频移动的脚步声，仍感觉离你的闺房很远。院里传来阵阵欢声笑语，是你在施展如簧巧舌，声音轻快灵活。

早早地起来梳妆，你悠闲地抱着琵琶。喜欢演奏相思的曲调。琵琶声声仿佛在倾诉你的芳心。我隔着帘倾听，引得相思肠断。这种烦恼如何消解，除非让你知道。

甘草子·秋暮

秋暮。乱洒衰荷，颗颗真珠雨[1]。雨过月华生，冷彻鸳鸯浦[2]。

池上凭栏愁无侣。奈此个、单栖[3]情绪。却傍金笼共鹦鹉。念粉郎[4]言语。

◇注释

[1] 真珠雨：像珍珠一样的雨珠。

[2] 鸳鸯浦：鸳鸯栖息的水滨。

[3] 单栖：孤寂的停留。

[4] 粉郎：何晏，三国魏玄学家，字平叔。少以才秀知名，“美姿仪而绝白”，喜敷粉，人称“傅粉何郎”。在这里指所思之人。

◇译文

晚秋时节，像珍珠一样的雨滴落在衰败的荷叶上。雨过后月亮升起来了，水滨寒风入骨。

在池塘边凭栏凝望，苦闷无人陪伴。一人在此停留的孤单煎熬着她的心。她站在金色鸟笼旁逗鹦鹉，诉说着对郎君的思念。

甘草子·秋尽

秋尽。叶翦红绡[1]，砌菊遗金粉[2]。雁字一行来，还有边庭信。

飘散落华清风紧。动翠幕、晓寒犹嫩[3]。中酒残妆慵整顿[4]。聚两眉离恨。

◇注释

[1] 叶翦红绡：秋天树叶变红，落叶犹如红丝绸裁剪出来的一样。

[2] 砌菊：栽种在门前台阶两边的菊花。砌，台阶。遗金粉：洒落在地上的菊花花瓣或花粉，因菊花是黄色的花，因而称为金粉。

[3] 晓寒犹嫩：早上还不太冷。

[4] 中酒：酒酣，或酒醉。整顿：梳妆整理。

◇译文

秋天将尽的时候，树叶变红，犹如红丝绸裁剪出来的一样，台阶两边的菊花洒落黄色的花瓣。大雁排成“一”字形从北边飞来，带来了边关的书信。

秋风渐紧，吹散了露珠，吹动了翠绿的帘幕，早晨还不太冷。酒醉后脸上的妆已残，也懒得打扮。离愁别恨又涌上心头，聚在眉间。

归朝欢·别岸扁舟三两只

别岸扁舟三两只。葭苇萧萧风淅淅。沙汀宿雁破烟飞，溪桥残月和霜白。渐渐分曙色。路遥山远多行役。往来人，只轮双桨[1]，尽是名利客。

一望乡关烟水隔。转觉归心生羽翼。愁云恨雨两牵萦，新春残腊[2]相催逼。岁华都瞬息。浪萍风梗[3]诚何益。归去来，玉楼深处，有个人相忆。

◇注释

[1] 只轮双桨：意为坐车乘船。轮，代指马车。桨，代指船只。

[2] 残腊：腊月的尽头。

[3] 浪萍风梗：浪中之浮萍，风中之断梗。形容人漂泊不定。

◇译文

远处的岸边停着两三只小船，淅淅的风吹动芦苇萧萧作响。沙洲边的大雁起飞，冲破了晓烟，一轮弯月照在溪桥上，桥上的霜映照得更白了。天渐渐地亮了，在外跋涉路遥山远，往来的人，不管是坐车还是乘船，都是为了名和利。

一眼望去，故乡被烟雾、江河阻隔。突然间想要回家的愿望非常强烈，恨不得生出双翅飞回家。让人心生忧愁的云雨连接着两地，腊月已尽，新春将至，都在催着我回家。年华瞬息间就过去。像浪里的浮萍和风中的断梗一样漂泊有什么益处。还是回家吧，家乡的玉楼里，有人在想我。

归去来·初过元宵三五

初过元宵三五。慵困春情绪。灯月阑珊[1]嬉游处。游尽、厌欢聚。

凭仗[2]如花女。持杯谢、酒朋诗侣。馀酲[3]更不禁香醑。歌筵罢、且归去。

◇注释

[1] 灯月阑珊：灯油燃尽，明月西沉。

[2] 凭仗：凭借。

[3] 馀酲（chéng）：酒醒后感觉到疲惫。

◇译文

元宵节刚过，就犯春困，又懒又乏。游玩的地方灯火将尽，月亮将落，人们玩累了才散去。

借着如花似玉的美人的名义，举起酒杯感谢一起喝酒作诗的朋友。半醒半醉中不胜酒力。歌筵结束，还是回去吧。

归去来·一夜狂风雨

一夜狂风雨。花英坠、碎红无数。垂杨漫结黄金缕[1]。尽春残、萦不住[2]。

蝶稀蜂散知何处。殢尊酒、转添愁绪。多情不惯相思苦。休惆怅、好归去。

◇注释

[1] 黄金缕：指柳絮。

[2] 萦不住：留不住。

◇译文

一夜狂风暴雨，被雨打落的花瓣无数。垂柳结满了柳絮。春天将尽，留也留不住。

蜜蜂和蝴蝶稀稀散散，不知它们去了哪里。沉溺酒中，反而更添愁绪。多情的人不习惯相思的苦，不要惆怅了，还是回去吧。

鹤冲天·黄金榜上

黄金榜[1]上。偶失龙头望[2]。明代暂遗贤[3]，如何向。未遂风云便，争不恣狂荡。何需论得丧。才子词人，自是白衣卿相[4]。

烟花巷陌，依约丹青屏障。幸有意中人，堪寻访。且恁偎红翠，风流事、平生畅。青春都一饷。忍把浮名，换了浅斟低唱。

◇注释

[1] 黄金榜：指录取进士的金字题名榜。

[2] 偶失龙头望：因意外原因没有考中。龙头，旧时称状元为龙头。

[3] 明代暂遗贤：圣明的时代，暂时将贤才遗漏了。

[4] 白衣卿相：即使穿着布衣，也如卿相一般尊贵，自我解嘲之语。

◇译文

在金字题名榜上，我因意外没有考中状元。即使是圣明的时代，也会错失贤才。我该怎么办呢？未能遇到好的机遇，不如潇洒地放浪形骸。何必为功名患得患失。做一个为歌妓写词的风流才子，即使穿着布衣，也如卿相一般尊贵。

在烟花巷里，摆放着丹青画屏的绣房中，幸好住着我的意中人，可以去探访她。与她们依偎着，享受风流的生活，是我平生最大的欢乐。青春短暂，我宁愿把功名，换成手中浅浅的一杯酒和耳边低回婉转的歌唱。

鹤冲天・闲窗漏永

闲窗漏永，月冷霜花堕。悄悄下帘幕，残灯火。再三追往事，离魂乱、愁肠锁[1]。无语沉吟坐。好天好景，未省展眉则个。

从前早是多成破。何况经岁月，相抛亸[2]。假使重相见，还得似、旧时么。悔恨无计那[3]。迢迢良夜，自家只恁摧挫[4]。

◇注释

[1] 锁：郁结。

[2] 抛亸（duǒ）：亸，同“躲”，躲避。

[3] 无计那：无可奈何。那，语气助词，表反诘。

[4] 摧挫：折磨。

◇译文

闲坐窗旁，滴漏无休止地嘀嗒，月亮发出冷冷的光辉，大地落满了霜花。悄悄放下帘幕，只留下一盏将尽的灯火。一次又一次地追忆往事，游离的思绪混乱，忧伤的心绪郁结。静静地坐着沉思。良辰美景也不能使我舒展眉头。

以前就总是分分合合。何况现在时间过了这么久，相互躲避。即使重新见面，还会和好吗？十分悔恨又有什么办法呢，漫长的美好夜晚，只能这样自己折磨自己。

黄莺儿·园林晴昼春谁主

园林晴昼春谁主。暖律潜催，幽谷暄和[1]，黄鹂翩翩，乍迁芳树。观露湿缕金衣，叶映如簧语[2]。晓来枝上绵蛮，似把芳心、深意低诉。

无据。乍出暖烟来，又趁游蜂去。恣狂踪迹，两两相呼，终朝雾吟风舞。当上苑柳秾时，别馆花深处。此际海燕偏饶，都把韶光与。

◇注释

[1] 暄（xuān）和：即暖和。

[2] 簧语：指代簧舌的吹奏乐器之乐声，这里形容黄鹂鸣叫声之清脆悦耳。

◇译文

白天风和日丽，谁主宰园林里的春天呢？温暖的天气暗暗催促草木发芽，连幽深的山谷也变得暖和，黄鹂翩翩飞舞，从一棵树上飞到另一棵树上。露水打湿了它金色的羽毛，绿叶掩映下传来了它的啼叫，如同乐器发出来的一样悦耳。清晨里的小鸟在枝头啼声绵绵，如同低声地诉说芳心与深情。

无缘无故地，从清晨温暖的雾霭中飞出来，又追着游蜂一起飞，它们行踪放浪，两两呼应，整日雾里唱风里舞。等园林里柳树茂盛时，在别馆花盛的地方，这期间燕子特别多，它们把时间都献给了美好的春光。

河传·淮岸

淮岸。向晚。圆荷向背，芙蓉深浅。仙娥[1]画舸，露渍[2]红芳交乱。难分花与面。

采多渐觉轻船满。呼归伴。急桨烟村远。隐隐棹歌[3]，渐被蒹葭遮断。曲终人不见。

◇注释

[1] 仙娥：美女。

[2] 露渍：露水沾湿。

[3] 棹歌：划船的人唱的歌。

◇译文

淮水岸边，天色将晚。圆阔的荷叶紧挨着，或相向或相背，荷花颜色有深有浅。美女乘着画船，与露水沾湿的花朵交错，难以区分是荷花还是美女的面容。

采了许多莲子，轻盈的小船也渐渐满了，高声招呼同伴回家。画船在水波里急速划动，渐行渐远。划船的人歌声逐渐被芦苇阻隔，隐隐约约可以听到。一曲终了，人也看不见了。

河传·翠深红浅

翠深红浅。愁蛾[1]黛蹙，娇波刀翦。奇容妙伎[2]，争逞舞裀歌扇[3]。妆光生粉面。

坐中醉客风流惯。尊前见。特地惊狂眼。不似少年时节，千金争选。相逢何太晚。

◇注释

[1] 愁蛾：即愁眉，古代女子化妆时的一种眉形。

[2] 奇容妙伎：容貌秀丽，舞姿曼妙。伎，同“技”，这里指舞技。

[3] 舞裀歌扇：歌舞用的衣衫和扇子。

◇译文

深色的青黛眉毛和浅色的粉红胭脂。把眉毛勾成愁眉的形状，娇媚可爱的目光炯炯有神。容貌秀丽，舞姿曼妙，衣衫和舞扇交错。化了妆的粉嫩脸庞光彩照人。

在座的宾客都是风流惯了的。端着酒杯看。如果是少年时候，一定争相为美人出千金，只恨相逢太晚。

合欢带·身材儿

身材儿、早是[1]妖娆。算风措、实难描。一个肌肤浑似玉，更都来、占了千娇。妍歌艳舞，莺惭巧舌，柳妒纤腰。自相逢，便觉韩娥[2]价减，飞燕声消。

桃花零落，溪水潺湲[3]，重寻仙径非遥。莫道千酬一笑，便明珠、万斛须邀。檀郎幸有，凌云词赋，掷果风标[4]。况当年，便好相携，凤楼深处吹箫。

◇注释

[1] 早是：已经是。

[2] 韩娥：春秋时期一个善于歌唱的女子。

[3] 潺湲：水慢慢流动的样子。

[4] 掷果风标：妇女投掷果子表达对美男子的爱慕。

◇译文

身材已经是十分妖娆，说到她的风韵实在是难以描绘。肌肤如玉，占尽了千娇百媚。靡丽的歌声，美艳的舞蹈，引得黄莺惭愧不如她的巧舌，柳树嫉妒她的柔腰。自从遇见了她，便觉得韩娥在心中的分量骤减，也不谈起赵飞燕了。

桃花零落，溪水潺潺，再次去寻访她路途也不遥远。不要说千金换她一笑，即使是用明珠和万斛酒也要邀请她。幸好我有凌云的词赋才气，也被妇女争相爱慕。并且是相当的年纪，便可以携手，在凤楼深处吹箫。

红窗迥·小园东

小园东，花共柳。红紫又一齐开了。引将蜂蝶燕和莺，成阵价[1]、忙忙走。

花心偏向蜂儿有。莺共燕、吃他拖逗[2]。蜂儿却入、花里藏身，胡蝶儿、你且退后。

◇注释

[1] 成阵价：成群成片的。价，语气词。

[2] 拖逗：惹引、勾引。

◇译文

小花园的东边，种了花和柳树。红的紫的都一起开了。引得成群成片的蜂、蝶、燕、莺匆匆地飞来飞去。

花心偏向的地方总是有许多的蜜蜂。莺和燕一起勾引、招惹它。蜜蜂飞入花丛中藏身，喊着，蝴蝶，你先退后。

红窗听·如削肌肤红玉莹

如削[1]肌肤红玉莹。举措有、许多端正。二年三岁同鸳寝，表温柔心性。

别后无非良夜永。如何向、名牵利役[2]，归期未定。算伊心里，却冤成薄幸。

◇注释

[1] 如削：形容窈窕的体态，古人以两肩如削为美。

[2] 名牵利役：为名利所牵制。

◇译文

窈窕的身形如红玉一样晶莹。举手投足间，端庄大方。与你同床共枕两三年，你表现出了温柔的性格。

分别后再也没有安睡的夜晚。为何要被名利所牵制，导致归期还不确定？想必在你心里，把我冤枉成一个薄情郎了吧。

菊花新·欲掩香帏论缱绻

欲掩香帏论缱绻[1]。先敛双蛾愁夜短。催促少年郎，先去睡、鸳衾图暖。

须臾放了残针线[2]。脱罗裳、恣情无限。留取帐前灯，时时待、看伊娇面。

◇注释

[1] 缱绻：缠绵。

[2] 残针线：尚未完工的针线活。

◇译文

想要掩起帷幕诉说缠绵情意，却先皱起了眉毛忧愁夜太短。催促年轻的丈夫，先去把被窝暖热。

不一会儿放下了未完工的针线活。脱下了衣裙，恣意纵情。留着一盏床前的灯，可以时时看她娇美的容颜。

减字木兰花·花心柳眼

花心柳眼[1]。郎似游丝[2]常惹绊。独为谁怜。绣线金针不喜穿。

深房密宴。争向[3]好天多聚散。绿锁窗前。几日春愁废管弦[4]。

◇注释

[1] 花、柳：喻指女色。

[2] 游丝：飘动着的蛛丝。

[3] 争向：怎奈。

[4] 管弦：管弦乐，泛指乐器。

◇译文

终日在花柳中，郎似飘动的蛛丝一样，常被女色牵绊。你最爱怜谁呢？给你用金线绣的衣服你也不喜欢穿。

曾经在闺房中亲密的聚会。怎奈天气宜人却总是聚少离多。葱茏的绿意被锁在了窗外，这几日的春愁使得我无心拨弄管弦。

集贤宾·小楼深巷狂游遍

小楼深巷狂游遍，罗绮成丛。就中堪人属意[1]，最是虫虫。有画难描雅态，无花可比芳容。几回饮散良宵永，鸳衾暖、凤枕香浓。算得人间天上，惟有两心同。

近来云雨忽西东[2]。烦恼损情悰[3]。纵然偷期暗会，长是匆匆。争似和鸣偕老，免教敛翠啼红[4]。眼前时、暂疏欢宴，盟言在、更莫忡忡。待作真个宅院，方信有初终。

◇注释

[1] 属意：注意。

[2] 云雨忽西东：比喻情人间的离散。

[3] 情悰（cóng）：情怀，情绪。悰，心情。

[4] 敛翠啼红：皱眉流泪。翠，指翠眉。红，即红泪，女子之泪。

◇译文

纵情游遍小楼深巷，身着罗绮的歌妓成群结队，其中最让人注意的是虫虫，绘画难以描绘她的娴雅形态，没有花比得上她的美丽容颜。多次酒罢与虫虫共度良宵，忘不了温暖的鸳鸯被，香浓的凤枕。天上人间，只有虫虫称得上与我情投意合。

近来忽然分离。忧愁烦恼破坏了心情。纵然偷偷幽会，总是短暂匆忙。

怎么才能像夫妻那样琴瑟和鸣，白头偕老，让你不再皱眉流泪。眼前虽然欢聚短暂，但只是暂时的，有我们的誓言在，更不要忧心忡忡。等到真的娶你为姬妾的那天，你就会相信我们的爱情有始有终。

锦堂春·坠髻慵梳

坠髻[1]慵梳，愁蛾嫩画，心绪是事阑珊[2]。觉新来憔悴，金缕衣宽。认得这疏狂意下，向人诮譬如闲。把芳容整顿，恁地轻孤，争忍心安。

依前过了旧约，甚当初赚[3]我，偷剪云鬟。几时得归来，春阁深关。待伊要、尤云殢雨，缠绣衾、不与同欢。尽更深、款款问伊，今后更敢无端。

◇注释

[1] 坠髻（jì）：下垂的发髻。

[2] 阑珊：衰落，将尽。此处指心情低落。

[3] 赚：骗。

◇译文

发髻散乱无心梳理，眉头紧锁，懒得描画，心绪凌乱，对梳妆打扮没有兴致。近来发现人憔悴了，衣服都变得宽大。你这风流的浪子，对我如等闲人一般。我应该整理好仪态，就这样轻易地辜负年华，怎能心安。

你像以前一样违背了约定，既然这样，为何当初骗我剪下秀发相赠。你什么时候回来，我就把你关在门外。等到你要与我欢爱时，我要裹紧鸳鸯被，不与你同欢。到夜深的时候，再慢慢问你，以后还敢这样失约吗？

金蕉叶·厌厌夜饮平阳第

厌厌夜饮[1]平阳第。添银烛、旋呼佳丽。巧笑[2]难禁，艳歌无间声相继。准拟幕天席地。

金蕉叶[3]泛金波齐，未更阑[4]、已尽狂醉。就中有个风流，暗向灯光底。恼遍两行珠翠。

◇注释

[1] 厌厌夜饮：每晚悠闲地饮酒。厌厌，安闲的样子。

[2] 巧笑：美好的笑容。

[3] 金蕉叶：酒杯名。

[4] 更阑：更深夜残。

◇**译文**

每晚悠闲地在平阳府的权贵家里饮酒，添上蜡烛，呼唤美人。姑娘们美好的笑容让人难以抗拒，美艳的舞蹈和歌声不停歇，一曲接着一曲。似乎准备以天为帘幕，以地为床。

酒杯中的美酒都要溢出来了，还未到更深夜残，大家都已喝得大醉。宴会里有个风流的人，偷偷地到灯光照不到的昏暗之地，将美人们都撩拨一遍。

祭天神·忆绣衾相向轻轻语

忆绣衾相向轻轻语。屏山[1]掩、红蜡长明，金兽盛熏兰炷。何期到此，酒态花情顿孤负。柔肠断、还是黄昏，那更满庭风雨。

听空阶和漏，碎声斗滴愁眉聚。算伊还共谁人，争知此冤苦。念千里烟波，迢迢前约，旧欢慵省[2]，一向[3]无心绪。

◇注释

[1] 屏山：屏风。

[2] 慵省：懒得回想。

[3] 一向：同“一晌”，指片刻。

◇译文

回忆起以前在绣被中相对轻声低语。屏风掩映，红烛长明，兽形的香炉中燃着熏香。谁想到变成如今这样，花前酒下的情意全都被辜负了。柔肠寸断，正值黄昏，更何况院子里风雨潇潇。

听台阶上的雨滴声和漏壶声，一声声击打在我的眉间、心上。你现在与谁相伴呢，怎知我此时的冤苦。想到相隔千里，烟波茫茫，以前的约定，现在看起来多么渺茫，旧时的欢乐，还是不去想的好，一时间心思全无。

看花回·屈指劳生百岁期

屈指劳生[1]百岁期。荣瘁[2]相随。利牵名惹逡巡[3]过，奈两轮、玉走金飞[4]。红颜成白发，极品何为。

尘事常多雅会稀。忍不开眉。画堂歌管深深处，难忘酒盏花枝。醉乡风景好，携手同归。

◇注释

[1] 劳生：辛劳的人生。

[2] 荣瘁：荣誉和困顿。

[3] 逡巡：顷刻，形容时间短暂。

[4] 玉走金飞：月亮和太阳的运行。

◇译文

屈指盘算这辛劳的一生还有多久到百岁。荣誉与困顿交相伴随。被名利牵绊着，时间顷刻间就过去了，无奈日月交替，时间飞逝。红颜变成了白发，官再大有什么用。

俗事很多，高雅的聚会却很少。怎忍皱眉。画堂深处有歌声和乐声，最难忘记的是美酒和佳人。酒醉后真美好，一起牵手回家。

看花回·玉墄金阶舞舜干

玉墄金阶舞舜干[1]。朝野多欢。九衢三市风光丽，正万家、急管繁弦。凤楼[2]

临绮陌，嘉气非烟[3]。

雅俗熙熙物态妍。忍负[4]芳年。笑筵歌席连昏昼，任旗亭、斗酒十千。赏心何处好，惟有尊前。

◇注释

[1] 玉墄（cè）：如玉的台阶。墄，台阶的梯级。舞舜干：德教被于宇内，天下祥和大治。干，盾，古代舞者执之以舞。

[2] 凤楼：原指宫内楼阁，此指一般妇人所居之处。

[3] 非烟：祥云。

[4] 忍负：不忍辜负。

◇译文

如玉的台阶上，舞者们持盾而舞。朝廷和民间都一片欢乐。都城内风光秀丽，千家万户都传出音乐声。临着繁华街道的高楼，有祥瑞之气。

高雅的人和世俗的人在一起熙熙攘攘，风物美丽鲜艳。怎忍心辜负这美好的年华。充满着欢笑和歌声的宴席从早到晚不停歇，任凭酒楼抬高酒价。哪里让人最欢乐，只有酒杯前。

轮台子·一枕清宵好梦

一枕清宵好梦，可惜被、邻鸡唤觉。匆匆策马登途，满目淡烟衰草。前驱风触鸣珂，过霜林、渐觉惊栖鸟。冒征尘远况，自古凄凉长安道。行行又历孤村，楚天阔、望中未晓[1]。

念劳生，惜芳年壮岁，离多欢少。叹断梗难停，暮云渐杳[2]。但黯黯魂消，寸肠凭谁表。恁驱驱、何时是了。又争似、却返瑶京[3]，重买千金笑。

◇注释

[1] 望中未晓：视野之中，天还未亮。

[2] 暮云渐杳：傍晚的云霞渐渐变暗。

[3] 瑶京：繁华的京城。

◇译文

清净夜晚的一场好梦，可惜被邻居家的鸡叫声吵醒了。匆忙骑马登上旅途，放眼望去都是淡淡的烟雾和衰落的枯草。风吹过马身上的佩饰叮当响，经过一片结了霜的树林，才发现惊动了树上栖息的鸟。冒着长途跋涉的劳苦，自古通往长安的道路都是凄凉的。往前走又经过了一处孤零零的村落，楚地的天空开阔，视野之中天还没有亮。

想到这劳碌的一生，可惜年少时与亲人聚少离多。感叹自己如同风中的断梗一样难以停息，傍晚的云霞渐渐飘散。但是这黯然神伤的愁绪、肝肠寸断的苦痛向谁诉说呢。像这样在路上奔波的日子何时才能到头？又怎么比得上重新回到帝都，用重金买美人一笑啊。

两同心·嫩脸修蛾

嫩脸修蛾，淡匀轻扫[1]。最爱学、宫体梳妆，偏能做、文人谈笑。绮筵前、舞燕歌云[2]，别有轻妙。

饮散玉炉烟袅。洞房悄悄。锦帐里、低语偏浓，银烛下、细看俱好。那人人[3]，昨夜分明，许伊偕老[4]。

◇注释

[1] 淡匀轻扫：均匀且淡淡地敷施脂粉。

[2] 舞燕歌云：舞如赵飞燕，歌声响遏行云。

[3] 人人：对于情人的昵称。

[4] 许伊偕老：许诺与你白头偕老。

◇译文

在娇嫩的脸上涂抹淡淡的胭脂，轻轻地画出修长的眉毛。最爱学宫中的梳妆样式，也能像文人一样谈笑。在华丽的宴会上，舞姿如同赵飞燕，歌声响遏行云，轻盈巧妙。

宴席结束后香炉余烟袅袅。房间里静悄悄，锦帐里，低声细语，情意正浓，烛光下，仔细地看哪里都好。那意中人，昨夜明明许诺与你白头偕老。

浪淘沙慢·梦觉

梦觉、透窗风一线，寒灯吹息。那堪酒醒，又闻空阶，夜雨频滴。嗟因循[1]、久作天涯客。负佳人、几许盟言，便忍把、从前欢会，陡顿[2]翻成忧戚。

愁极。再三追思，洞房深处，几处饮散歌阑，香暖鸳鸯被。岂暂时疏散，费伊心力。殢云尤雨，有万般千种，相怜相惜。

恰到如今，天长漏永，无端自家疏隔[3]。知何时、却拥秦云态。愿低帏[4]昵枕，轻轻细说与，江乡夜夜，数寒更思忆。

◇注释

[1] 因循：萎靡不振、漫不经心。

[2] 陡顿：突然、顿时。

[3] 疏隔：疏远阻隔。

[4] 低帏：放下帏帐。

◇译文

一觉醒来，一丝寒风从窗户吹进来，将一盏孤灯吹熄。怎么禁得住酒醒后又听到夜雨频频滴到台阶上。感慨自己几经辗转，一直在外漂泊。辜负了佳人，几次许下誓言，怎忍心把从前的欢会突然变成当下的忧伤悲戚。

愁闷至极，再三地追忆，闺房里，多少次饮酒唱歌后，在香暖的鸳鸯被中玩闹。怎知道暂时的分开，耗费了她的心力。缠绵欢爱，有千万般浓情蜜意，相爱相惜。

到如今，漫漫长夜无休止，无缘无故的和你两处分离。不知什么时候再能拥有秦楼云雨，希望放下床帐和你在枕边呢喃，轻轻地与你细说，在江南的寒夜里，数着更声思念着你。

浪淘沙令·有个人人

有个人人，飞燕精神。急锵环佩上华裀[1]。促拍尽随红袖举，风柳腰身。

簌簌轻裙，妙尽尖新[2]。曲终独立敛香尘[3]。应是西施娇困也，眉黛双颦。

◇注释

[1] 急锵：急促铿锵。华裀（yīn）：华丽的毯子。裀，同“茵”，垫子，毯子。

[2] 尖新：新颖别致。

[3] 敛香尘：收住舞步。香尘，形容美人的脚步。

◇译文

我有一个心上人，她的舞姿像赵飞燕一样。在急促的环佩声中，她走上了华丽的地毯。她随着节拍举起舞袖，腰身柔软仿佛风中弱柳。

轻盈的舞裙簌簌抖动，新颖别致的舞蹈十分美妙。一曲终了，她收住了舞步。她像西施一样困乏了，皱起了眉头。

梁州令·梦觉纱窗晓

梦觉纱窗晓。残灯暗然[1]空照。因思人事[2]苦萦牵，离愁别恨，无限何时了。

怜深定是心肠小。往往成烦恼。一生惆怅情多少。月不长圆，春色易为老。

◇注释

[1] 暗然：昏暗的样子。

[2] 人事：人生琐事。

◇译文

一觉醒来，光透过纱窗，天亮了。将要燃尽的灯火在那里昏暗地照着。因为想着人和事被苦苦牵绊，离愁别恨，无穷无尽，什么时候才能结束。

我一定是因为心肠太小，这些感情都成了我的烦恼。惆怅这一生能有多少情。月亮不长圆，春天也很快就过去了。

临江仙·梦觉小庭院

梦觉小庭院，冷风淅淅，疏雨潇潇。绮窗外，秋声败叶狂飘。心摇。奈寒漏永，孤帏悄，泪烛空烧。无端处，是绣衾鸳枕，闲过清宵。

萧条。牵情系恨，争向[1]年少偏饶。觉新来、憔悴旧日风标[2]。魂消。念欢娱事，烟波阻、后约方遥[3]。还经岁，问怎生禁得，如许无聊。

◇注释

[1] 争向：唐宋时俗语，起加强语气的作用。

[2] 风标：风度。

[3] 后约方遥：日后的约会遥遥无期。

◇译文

在小院中醒来，冷风淅淅地吹，稀疏的雨潇潇地下。窗外，秋风卷着败叶乱飘。心神不定，怎奈漏壶仿佛永不停歇，孤单的帷帐静悄悄的，蜡烛空自燃烧。无故地，在绣被和鸳鸯枕里，度过清冷的夜晚。

一片萧条。被情恨牵绊，怎奈越是年少越是感情丰富。最近觉得人憔悴，不如往日的风度，黯然销魂。想起以前欢乐的事，却被烟波阻隔，约定以后的见面遥遥无期。而且以后年年都是如此，问自己怎么受得了，这样的无聊。

临江仙·鸣珂碎撼都门晓

鸣珂[1]碎撼都门晓，旌幢[2]拥下天人。马摇金辔[3]破香尘。壶浆迎路，欢动帝城春。

扬州曾是追游地，酒台花径仍存。凤箫依旧月中闻。荆王魂梦，应认岭头云。

◇注释

[1] 鸣珂：马身上的玉饰所发出的碰撞声。

[2] 旌幢：仪仗用的旌旗。

[3] 金辔：饰金的马缰绳。

◇译文

马身上玉饰的碰撞声打破了都城的宁静，旌旗下拥着的是贤德的官员。骏马摇动着缰绳破尘而来。百姓们带着茶和酒夹道欢迎，欢呼的声音震动了都城的春天。

扬州曾经是官员管辖的地方，那里还留有他们的游踪行迹，喝酒的亭台，开满花的小路还在。月下还能听到有人吹奏凤箫。汉代荆王刘贾的魂魄，应该还认得他的疆域。

柳初新·东郊向晓星杓亚

东郊向晓星杓亚[1]。报帝里、春来也。柳抬烟眼[2]，花匀[3]露脸，渐觉绿娇红姹。妆点层台芳榭[4]。运神功、丹青无价[5]。

别有尧阶试罢[6]。新郎君[7]、成行如画。杏园风细，桃花浪暖[8]，竞喜羽迁鳞化[9]。遍九陌、相将游冶。骤香尘、宝鞍骄马。

◇注释

[1] 星杓 (biāo) 亚：指北斗星似杓柄的由玉衡、开阳、摇光三星所组成的那部分，亦称“斗柄”。亚，与“冠”相对，同样是指这三颗星。

[2] 柳抬烟眼：柳叶初生之时细长如眼，远望如烟。

[3] 花匀：本指女子往脸上均匀地搽抹胭脂，此处指称花如人面，均匀地敷着露珠。

[4] 层台芳榭：高大而美丽的台榭。榭，建筑在高台之上类似凉亭的敞屋。

[5] 丹青无价：指大自然创造出春天这幅无价的美丽图画。

[6] 试罢：殿试结束。

[7] 新郎君：新考中的进士，唐宋之时称新考中进士的人为新郎君。

[8] 浪暖：微风吹动桃枝，因桃枝的颤动，桃花就犹如波浪一样上下翻动，又因桃花为粉红色，属暖色，因此称浪暖。

[9] 羽迁鳞化：本指人修道成仙，鱼跃龙门而成龙，此指新进士由平民百姓而成为有功名的人。

◇译文

京城东面的郊外，天快亮的时候出现了北斗七星。这是在报告着京城春天的到来。柳树长出鹅黄色的嫩芽，花朵如同涂了胭脂的脸蛋一样娇嫩，上面沾满了露水，渐渐发觉已经是一片姹紫嫣红了。它们一起装点了亭台楼榭。大自然的神奇力量，创造了这一幅无价的春日画卷。

除此之外殿试已经结束。新考中的进士们，排列整齐，俊美如同画中人。御花园里微风习习，吹动桃枝，如同波浪一样上下起伏，都为进士们感到高兴。他们继续在大街上游玩，骏马奔驰，扬起了阵阵尘土。

柳腰轻·英英妙舞腰肢软

英英[1]妙舞腰肢软。章台柳、昭阳燕。锦衣冠盖，绮堂筵会，是处千金争选。顾香砌、丝管初调，倚轻风、佩环微颤。

乍入霓裳[2]促遍。逞盈盈、渐催檀板[3]。慢垂霞袖[4]，急趋莲步，进退奇容千变。算何止、倾国倾城，暂回眸、万人断肠。

◇注释

[1] 英英：不详。当为词人虚拟的歌妓名。

[2] 霓裳：即《霓裳羽衣曲》，传说是唐玄宗聆听天乐后而制成。

[3] 檀板：檀木所制的拍板。

[4] 霞袖：如彩霞般艳丽的宽袖。

◇译文

英英的舞姿曼妙，腰肢像章台的柳树一样柔软，比得上昭阳宫的赵飞燕。豪门公子，在华丽的大厅里设宴，争着花千金邀请她。她回头看台阶，音乐响起，如同随风起舞，腰间的环佩微微颤动。

音乐突然变成《霓裳羽衣曲》。盈盈的舞步伴随着节拍渐渐急促，慢慢地垂下彩霞般的宽袖，又加快了舞步，在进退之间展现出丰富的表情。她美得倾国倾城，短暂的一个回眸，引得万人为之销魂。

迷仙引·才过笄年

才过笄年，初绾云鬟，便学歌舞。席上尊前，王孙随分相许。算等闲、酬一笑，便千金慵觑[1]。常只恐、容易蕣华[2]偷换，光阴虚度。

已受君恩顾。好与花为主。万里丹霄，何妨携手同归去。永弃却、烟花伴侣[3]。免教人见妾，朝云暮雨。

◇注释

[1] 慵觑（yōng qù）：懒得看，不屑一顾。

[2] 蕣（shùn）华：指朝开暮落的木槿花，借指美好而易失的年华或容颜。“华”，

通“花”。

[3] 烟花伴侣：青楼卖唱生涯。

◇译文

刚刚过了 15 岁，第一次把头发盘起来打成结，便开始学习歌舞了。宴席上酒杯前，与王孙公子随性地许下诺言。如果是在平时，就是用千金换我一笑，我也不屑一顾。我只是害怕，年华易逝，虚度了光阴。

如今受到了你的恩宠，你要好好的为我做主。红霞万里，何不携手归去。永远抛弃那在青楼卖唱的生活。免得叫人看见我，就想起男女的欢会。

迷神引·一叶扁舟轻帆卷

一叶扁舟轻帆卷。暂泊楚江[1]南岸。孤城暮角，引胡笳[2]怨。水茫茫，平沙雁、旋惊散。烟敛寒林簇，画屏展。天际遥山小，黛眉浅。

旧赏[3]轻抛，到此成游宦。觉客程劳，年光晚。异乡风物，忍萧索、当愁眼。帝城赊，秦楼阻，旅魂乱。芳草连空阔，残照满。佳人无消息，断云远。

◇注释

[1] 楚江：泛指南方的河流。

[2] 胡笳：北方民族乐器，形似笛子，声音哀婉。

[3] 旧赏：指昔日的赏心乐事。

◇译文

一只小船卷起了船帆，暂时停在江的南岸。黄昏时孤城响起了号角，引出了胡笳的哀怨声。江水茫茫一片，沙地上的大雁像是受惊了一样忽然飞散。烟雾笼罩着一簇簇的树林，如同一幅展开的画卷。天边的远山显得很小，像美人淡淡的眉毛。

轻易地抛下了以前的赏心乐事，到这里做官。客居他乡路程太辛苦，又快到岁末年关。异乡的风物如此萧索，看到后又满目忧愁。京城遥远，心爱的人被阻隔在远方，让我心烦意乱。芳草连天，一片开阔，夕阳照在山河上。佳人毫无音讯，像浮云一样越来越远。

慢卷紬·闲窗烛暗

闲窗烛暗，孤帏夜永，欹枕[1]难成寐。细屈指寻思，旧事前欢，都来未尽，平生深意。到得如今，万般追悔。空只添憔悴。对好景良辰，皱着眉儿，成甚滋味。

红茵[2]翠被。当时事、一一堪垂泪。怎生得依前，似恁偎香倚暖，抱着日高犹睡。算得伊家，也应随分，烦恼心儿里。又争似从前，淡淡相看，免恁牵系。

◇注释

[1] 欹枕：斜倚枕头。欹，通“倚”，依靠。

[2] 红茵：红色的垫褥。

◇译文

窗边一盏昏暗的蜡烛，在孤单的床帐里感觉长夜没有尽头，斜倚着枕头难以入睡。仔细地屈指盘算，以前的欢乐，都还没有将平生的深厚情意完全表达出来。到如今，万般悔恨。但也只是徒然增加憔悴。对着这良辰美景，却皱着眉头，心里真不是滋味。

红色的垫褥，翠绿的盖被。当时的事每一件都让我伤心流泪。怎么才能像以前一样，依偎着，拥抱着睡到日上三竿。想必你也应该和我一样，心里烦恼。还不如以前淡淡地看一眼，免得像现在这样惹起许多牵挂。

满朝欢·花隔铜壶

花隔铜壶，露晞金掌[1]，都门十二清晓。帝里风光烂漫，偏爱春杪[2]。烟轻昼永，引莺啭上林[3]，鱼游灵沼。巷陌乍晴，香尘染惹，垂杨芳草。

因念秦楼彩凤，楚观朝云，往昔曾迷歌笑。别来岁久，偶忆欢盟[4]重到。人面桃花，未知何处，但掩朱扉悄悄。尽日伫立无言，赢得凄凉怀抱。

◇注释

[1] 露晞金掌：汉武帝迷信方术，饮露水求长寿，在神明台上立铜仙人，以掌接露。这里指露水初干。

[2] 春杪：春末。

[3] 上林：原是秦汉两代皇帝游赏、打猎的禁苑，此指汴京的禁苑。

[4] 欢盟：和好结盟。

◇译文

漏壶不断滴漏，金掌上的露水刚干，京都正处于清冷的早晨。皇宫中风光烂漫，我最爱暮春时节。这个时间雾薄天长，黄莺在上林苑中啼叫，鱼儿在池塘里游动。大街小巷刚刚放晴，人们来回走动带起阵阵尘土，路边是垂杨和芳草。

我想起了秦楼的佳人，以前我为她们的歌笑声痴迷。与她们分别已经很久了，偶然回忆起当年的约定，现在重新来到这里。她们不知去了哪里，掩着门静悄悄的。我终日默默地站在这里，只剩下满怀凄凉。

满江红·暮雨初收

暮雨初收，长川静、征帆夜落。临岛屿、蓼烟[1]蔬淡，苇风萧索。几许渔人飞短艇[2]，尽载灯火归村落。遣行客、当此念回程，伤漂泊。

桐江好，烟漠漠。波似染，山如削。绕严陵滩畔，鹭飞鱼跃。游宦区区成底事，平生况有云泉约。归去来、一曲仲宣[3]吟，从军乐。

◇注释

[1] 蓼烟：蓼草周围的烟雾。

[2] 短艇：轻捷的小船。

[3] 仲宣：即王粲。曾作《登楼赋》，抒发怀乡、不被重用之情。

◇译文

傍晚的雨刚停，河水平静，远行的船驶回来，夜幕降临。小岛上升起了薄雾，笼罩着水边的蓼草，萧索的风吹动着芦苇。几个渔人飞快地划着小船，点着灯火回到村里。让旅途中的人看到后想要回家，感伤自己在外漂泊。

桐江秀美，烟雾缭绕。水波像染过一样碧绿，山像被刀削一般俊秀。严陵滩边，白鹭飞鱼儿跃。这样一直在外做官到底是为了什么，况且自己还有归隐的志向。陶渊明的《归去来兮辞》多么快乐，仲宣吟的《从军诗》多么艰苦。

木兰花慢·拆桐花烂漫

拆桐花烂漫，乍疏雨、洗清明。正艳杏烧林，缃桃绣野[1]，芳景如屏。倾城。尽寻胜去，骤雕鞍绀幰[2]山郊坰。风暖繁弦脆管，万家竞奏新声。

盈盈。斗草踏青。人艳冶、递逢迎[3]。向路傍往往，遗簪堕珥，珠翠纵横。欢情。对佳丽地，信金罍[4]罄竭玉山倾。拚却明朝永日，画堂一枕春酲[5]。

◇注释

[1] 缃桃绣野：子叶桃铺满了原野。

[2] 幰（xiǎn）：车上帷幔。

[3] 递逢迎：互相打招呼。

[4] 金罍：古代盛酒或盛水的器具。

[5] 酲：酒后不清醒。

◇译文

桐花开得烂漫，突然一阵稀疏的雨点，把天空洗得清朗明亮。艳丽的杏树成片仿佛燃烧的火焰，子叶桃铺满了原野。这样的景色美得像屏风上的画。城中的人都出动了。人们驾着车马去郊外寻找胜景。暖风吹来阵阵管弦声，千家万户竞相演奏新曲。

佳人身姿美好。斗草踏青。美艳的人儿相互打着招呼。路上人来人往，遗落了发簪和耳坠，珠玉交错。纵情欢乐。对着这么多的佳人，只喝得酒杯空了人也醉了。就算明天在画堂里睡一天，今天也要一醉方休。

木兰花·心娘自小能歌舞

心娘[1]自小能歌舞。举意动容皆济楚[2]。解教天上念奴[3]羞，不怕掌中飞燕妒。

玲珑绣扇花藏语[4]。宛转香茵云衬步[5]。王孙若拟赠千金，只在画楼东畔住。

◇注释

[1] 心娘：歌妓名。

[2] 济楚：美好。

[3] 念奴：唐代天宝年间的歌妓，因其经常为唐玄宗表演，故称“天上念奴”。

[4] 花藏语：形容歌声婉转，像花底下的鸟鸣声。

[5] 云衬步：形容舞步轻盈，像在云上起舞。

◇译文

心娘从小能歌善舞，举止、容貌都十分美好。可使念奴含羞，不怕飞燕妒忌。

玲珑的绣扇后传出婉转的歌声，如同花底下的鸟鸣声。在美丽的地褥上回旋，如同在云上起舞。王孙如果想要赠她千金，去哪里寻找她，她住在画楼的东边。

木兰花·虫娘举措皆温润

虫娘[1]举措皆温润。每到婆娑[2]偏恃俊。香檀敲缓玉纤迟，画鼓声催莲步紧。

贪得顾盼夸风韵。往往曲终情未尽。坐中年少暗消魂，争问青鸾[3]家远近。

◇注释

[1] 虫娘：舞妓名。

[2] 婆娑：形容盘旋和舞动的样子，此处指跳舞。

[3] 青鸾：古代传说中的神鸟，代指信使。

◇译文

虫娘举止温润，但每到跳舞的时候就会因舞艺超群而自负。檀板缓缓敲，玉指慢慢举，鼓声急，脚步紧。

想要引起人们的关注卖弄风韵。往往一曲终了，情还未尽。在座的少年都为之销魂，争着问虫娘的家在哪里。

木兰花·佳娘捧板花钿簇

佳娘[1]捧板花钿簇。唱出新声群艳伏。金鹅扇[2]掩调累累，文杏梁高尘簌簌。

鸾吟凤啸清相续。管裂弦焦争可逐。何当夜召入连昌[3]，飞上九天歌一曲。

◇注释

[1] 佳娘：歌妓名。

[2] 金鹅扇：用金线装饰的鹅毛扇。

[3] 连昌：唐朝宫殿名，连昌宫。

◇译文

佳娘手里拿着檀板，头上的首饰花团锦簇。她唱的新歌让众多佳人都佩服。用金鹅扇掩盖着，传出阵阵歌声，房梁上的尘土都被震落了下来。

歌声如同鸾凤在一直歌唱。乐管吹裂，琴弦弹焦也无法比拟。什么时候被连夜召唤入宫，到皇宫里歌唱一曲。

木兰花·酥娘一搦腰肢袅

酥娘[1]一搦腰肢袅。回雪萦尘[2]皆尽妙。几多狎客看无厌，一辈[3]舞童功不到。

星眸顾拍精神峭。罗袖迎风身段小。而今长大懒婆娑，只要千金酬一笑。

◇注释

[1] 酥娘：舞妓名。

[2] 回雪萦尘：舞蹈的名称。

[3] 一辈：同辈。

◇译文

酥娘的腰肢纤细，一手就可以握住。无论是跳回雪还是萦尘都很美妙。多少狎客都看不厌，同辈的舞童技艺都比不上她。

眼睛炯炯有神，神韵俊俏。迎着风舞动罗袖，显得她的身材娇小。如今长大了却懒得跳舞，只有千金才能换她一笑。

木兰花·杏花

剪裁用尽春工意。浅蘸朝霞千万蕊。天然淡泞[1]好精神，洗尽严妆方见媚。

风亭月榭[2]闲相倚。紫玉枝梢红蜡蒂[3]。假饶花落未消愁，煮酒杯盘催结子。

◇注释

[1] 淡泞：清淡。

[2] 月榭：赏月的台榭。

[3] 紫玉枝梢红蜡蒂：枝叶颜色像紫玉，果实颜色像红蜡。

◇译文

杏花是春天用尽心思剪裁出来的。将千万个花蕊浅浅地蘸上朝霞的颜色。显现出天然清淡的风韵，是洗去浓妆后才出现的妩媚。

杏花与风亭月榭相依，它的枝叶颜色像紫玉，果实颜色像红蜡。假如到花落的时候还没有消去你的忧愁，还可以催它快点结果，煮酒消愁。

木兰花·海棠

东风催露千娇面[1]。欲绽红深开处浅。日高梳洗甚时忺[2]，点滴燕脂匀未遍。

霏微雨罢残阳院。洗出都城新锦段。美人纤手摘芳枝，插在钗头和凤颤。

◇注释

[1] 千娇面：千娇百媚的容颜，用来比喻盛开的海棠花。

[2] 忺（xiān）：高兴。

◇译文

东风催开了海棠花。花苞是深红色的，花开后为浅红色。就像日上三竿时还在快乐的梳洗的少女，胭脂没有涂均匀。

微雨过后，夕阳照进了院子里。被雨水洗过的都城好像崭新的锦缎。美人的纤纤素手摘下了花枝，插在头发上，与钗头的凤凰一起微微颤动。

木兰花·柳枝

黄金万缕风牵细。寒食初头春有味。殢烟尤雨索春饶，一日三眠[1]夸得意。

章街隋岸[2]欢游地。高拂楼台低映水。楚王空待学风流，饿损宫腰终不似[3]。

◇注释

[1] 一日三眠：形容柳树长得快。柳枝萌芽好像人睁开眼睛。

[2] 章街隋岸：柳的代称。章街，即章台街，韩翃诗曰："章台柳，章台柳，昔日青青今在否？"隋岸，即隋堤，堤上多植柳树。

[3] 饿损宫腰终不似：意为宫人即使把腰饿细了也不如柳枝那样柔媚。

◇译文

金黄色的细柳被风吹动。寒食节开始的时候，才显现出春天的韵味。柳枝与丝丝细雨缠绵，生长得很快，好像很得意。

章街隋岸因为柳树的装点成了人们欢游的胜地。高处的柳枝轻拂着楼台，低处的柳枝垂下来映照在水面上。楚王空学风流，喜欢细腰的美女，但是她们即使把腰饿细了也不如柳枝那样柔媚。

木兰花令·有个人人真堪羡

有个人人真堪羡。问着洋洋[1]回却面。你若无意向他人，为甚梦中频相见。

不如闻早还却愿。免使牵人虚魂乱。风流肠肚不坚牢，只恐被伊牵惹断。

◇注释

[1] 洋洋：因害羞佯装不认识。洋，同“佯”。

◇译文

我十分仰慕她，问她话时，却害羞装作不认识我。你如果对别人无意，为什么频频来我梦中与我相见。

不如趁早了却心愿，免得魂梦牵绊，心烦意乱。我的风流心肠太软，只怕被你牵绊。

梦还京·夜来匆匆饮散

夜来匆匆饮散，欹[1]枕背灯睡。酒力全轻[2]，醉魂易醒，风揭帘栊，梦断披衣重起。悄无寐。

追悔当初，绣阁话别太容易。日许时、犹阻归计。甚况味[3]。旅馆虚度残岁。想娇媚。那里独守鸳帏静，永漏[4]迢迢，也应暗同此意。

◇注释

[1] 攲：通“倚”，斜靠。

[2] 酒力全轻：酒力不足，不足以使人醉。

[3] 况味：境况和情味。

[4] 永漏：指长夜。漏，漏壶，借指时间。

◇译文

晚上喝完酒就匆匆散了，斜靠着枕头背对着灯就睡着了。还没有完全喝醉，很容易就醒酒了，风吹起帘幕，梦醒了披上衣服起床。

夜静悄悄的，再也睡不着。追悔当初，与她轻易地在绣阁话别。距离回去还要很长时间，有许多事阻碍了回去的计划。这是怎样的境况和情味啊。在旅馆里空虚地度过年末。想念她那娇媚的容颜。她在那里静静地独守空房，长夜漫漫，应该也与我的心情一样。

女冠子·断云残雨

断云残雨。洒微凉、生轩户。动清籁、萧萧庭树。银河浓淡，华星明灭，轻云时度[1]。莎阶寂静无睹。幽蛩[2]切切秋吟苦。疏篁[3]一径，流萤几点，飞来又去。

对月临风，空恁无眠耿耿，暗想旧日牵情处。绮罗丛里，有人人、那回饮散，略曾谐鸳侣。因循忍便睽阻[4]。相思不得长相聚。好天良夜，无端惹起，千愁万绪。

◇注释

[1] 时度：不时地掠过。

[2] 幽蛩：僻深处的蟋蟀。

[3] 疏篁：疏竹。

[4] 睽阻：分离、乖违。

◇译文

天上飘着几朵断云，还下着小雨。微凉的雨落在了门廊和窗上。庭院里的树被风吹得萧萧作响。银河有深有浅，星星闪烁，不时飘过一朵淡淡的云。台阶旁的莎草静静地生长着。幽暗处的蟋蟀叫声凄苦。稀疏的竹丛里，有几只萤火虫飞来飞去。

看着月亮吹着风，有心事难以入睡，又暗暗想起曾经触动感情的地方。那里美女如云，有我的心上人，喝完酒后，我们两情相悦，如鸳鸯眷侣。当时怎么就忍心分别了呢。日日相思却难以长久相聚。这样的良辰美景，又引起了我的千百般愁绪。

内家娇·煦景朝升

煦景朝升，烟光画敛，疏雨夜来新霁。垂杨艳杏，丝软霞轻，绣出芳郊明媚。处处踏青斗草，人人眷红偎翠[1]。奈少年、自有新愁旧恨，消遣无计。

帝里。风光当自际。正好恁携佳丽。阻归程迢递。奈好景难留，旧欢顿弃。早是伤春情绪，那堪困人天气。但赢得、独立高原，断魂一饷凝睇[2]。

◇注释

[1] 眷红偎翠：人依偎着红花绿叶，形容对春色的眷恋。

[2] 凝睇（dì）：凝视。

◇译文

朝阳升起后，阳光和煦，雾气消散了，下了一夜的小雨突然放晴。低垂的柳枝柔软，艳丽的杏花像轻盈的彩霞，郊外的山川景色明媚。到处都是踏青斗草的人，人们眷恋着春光里的红花绿叶。怎奈少年心中有新愁旧恨，无法消遣。

京城里的风光应当如这里一样吧。正是携佳丽一起出游的好时候。回去的路程遥远，又受到许多阻碍。怎奈美好的景色留不住，以前的欢乐很快就被抛弃。本来就有伤春的情绪，哪里还受得住这让人困顿的天气。

抛球乐·晓来天气浓淡

晓来天气浓淡，微雨轻洒。近清明，风絮巷陌，烟草池塘，尽堪图画。艳杏暖、妆脸匀开，弱柳困、宫腰低亚。是处丽质盈盈，巧笑嬉嬉，手簇秋千架。戏彩球罗绶，金鸡芥羽[1]，少年驰骋，芳郊绿野。占断五陵游，奏脆管、繁弦声和雅。

向名园深处，争泥[2]画轮，竞羁宝马。取次罗列杯盘，就芳树、绿阴红影下。舞婆娑，歌宛转，彷佛莺娇燕姹。寸珠片玉，争似此、浓欢无价。任他美酒，十千一斗，饮竭仍解金貂贳[3]。恣幕天席地，陶陶尽醉太平，且乐唐虞景化。须信艳阳天，看未足、已觉莺花谢。对绿蚁翠蛾，怎忍轻舍。

◇注释

[1] 金鸡芥羽：指斗鸡游戏。

[2] 泥：停止。

[3] 贳（shì）：赊欠。

◇译文

清晨天气时晴时阴，下着小雨。临近清明，街巷中飘着柳絮，池塘的水草笼罩在烟雾中，景色美得可以入画。杏花艳丽，好像美人化过妆的脸，柳枝低垂，如同美人柔软的腰肢。到处都是浓妆艳抹、体态盈盈的女子，她们嬉笑玩闹，争着去荡秋千。少年们有的抢彩球，有的斗鸡，有的在郊外的草地上策马奔腾。曾经是王孙贵族们游玩的地方，如今挤满了人，多种管弦的乐声交织在一起，和谐雅正。

人们向着园林的深处走去，都停下了画轮车，拴住了宝马。随意地将杯、盘摆放在树荫花影下。舞姿优美，歌声婉转，仿佛可爱的黄莺和春燕。不管是寸大的宝珠还是片大的玉石，都比不上此刻无价的欢乐。任凭美酒一斗千金，喝完了还要用金貂去换。以天为幕，以地为席，尽情地在这太平盛世里喝酒，就像在贤明的尧舜时代一样。艳阳天很快就会过去，还没看够的时候，已发现莺飞花谢，面对美酒和美女，怎么忍心轻易舍弃。

破阵乐·露花倒影

露花倒影，烟芜蘸碧[1]，灵沼波暖。金柳摇风树树，系彩舫龙舟遥岸。千步虹桥，参差雁齿[2]，直趋水殿。绕金堤、曼衍鱼龙戏，簇娇春罗绮，喧天丝管。霁色荣光，望中似睹，蓬莱清浅。

时见。凤辇宸游[3]，鸾觞禊饮，临翠水、开镐宴[4]。两两轻舠飞画楫，竞夺锦标霞烂。罄欢娱，歌鱼藻[5]，徘徊宛转。别有盈盈游女，各委明珠，争收翠羽，相将归远。渐觉云海沉沉，洞天日晚。

◇注释

[1] 烟芜蘸碧：笼罩在一片烟雾中的青草，挨着池中的碧水。

[2] 参差雁齿：虹桥上的台阶高低排列如雁齿般整齐。

[3] 凤辇（niǎn）宸（chén）游：谓皇帝出游。凤辇，皇帝所乘之车。宸，北极星所在为宸，皇帝如北极之尊，故后借用为皇帝所居，又引申为皇帝的代称。

[4] 镐（gǎo）宴：天下太平时期君臣同乐的御宴。

[5] 鱼藻：《诗经》中歌颂武王的诗篇。

◇译文

带着露珠的花在水中映出倒影，烟雾中的青草挨着碧绿的池水，水波温暖。金黄色的垂柳在风中摇曳，远处的岸边停着皇帝的龙舟和游玩的画船。长长的虹桥台阶像雁齿一般排列整齐，一直延伸到水殿。在种满柳树的堤岸旁，各种杂技演出，穿着华丽的女子成群结队，音乐喧天。天气晴朗，放眼望去，池水好像蓬莱水一样清澈。

这时看到皇帝乘车来了，与群臣举杯同乐，在碧水旁，大宴宾客。数叶扁舟飞快地划动船楫，竞相争夺锦标，五颜六色的锦旗像彩霞一样。游人尽情欢乐，歌颂鱼藻，婉转动听。时时有盈盈的女子，佩戴着明珠，争着去拾取岸边翠鸟的羽毛，渐渐走远。天空渐渐昏暗起来，就像夜晚神仙居住的地方。

婆罗门令·昨宵里

昨宵里、恁和衣睡。今宵里，又恁和衣睡。小饮归来，初更过，醺醺醉。中夜后、何事还惊起。霜天冷，风细细。触疏窗[1]，闪闪灯摇曳。

空床展转[2]重追想，云雨梦，任攲枕难继。寸心万绪，咫尺千里。好景良天，彼此空有相怜意。未有相怜计。

◇注释

[1] 疏窗：雕有花格的窗子。

[2] 展转：辗转。

◇译文

昨夜里，和衣而睡。今夜里，又是和衣而睡。喝点小酒回来，已经过了初更，微醉。半夜后因为什么事猛然惊醒了呢。下霜后的天气变冷，风又细细地吹进来，穿过窗子，吹得灯火摇曳。

在床上辗转回想两情欢好之梦，倚着枕头难以入睡。心中有无限情绪，情人远隔千里。良辰美景，两人空自挂念，却没有办法相见。

鹊桥仙·届征途

届[1]征途，携书剑，迢迢匹马东去。惨离怀，嗟少年易分难聚。佳人方恁缱绻，便忍分鸳侣。当媚景，算密意幽欢，尽成轻负。

此际寸肠万绪。惨愁颜、断魂无语。和泪眼、片时几番回顾。伤心脉脉谁诉？但黯然凝伫[2]。暮烟寒雨。望秦楼何处？

◇注释

[1] 届：踏上。

[2] 凝伫：出神。

◇译文

到了出远门的时候，带上书剑，骑着马向东而去。离别的情怀很悲惨，感叹少年时候分开容易相聚难。刚与佳人缠绵，怎么忍心就此分别。当时美好的景色和浓情密意，都被轻易辜负了。

这时有万种情绪。满面愁容，悲伤得说不出话来。满眼含泪，片刻间又回想了几番。这无尽的相思向谁诉说呢？只有黯然静立。傍晚烟雾缭绕，下着寒雨。佳人在哪里呢？

秋蕊香引·留不得

留不得。光阴催促，奈芳兰歇，好花谢[1]，惟顷刻。彩云易散琉璃脆，验前事端的[2]。

风月夜，几处前踪旧迹。忍思忆[3]。这回望断，永作天涯隔。向仙岛，归冥路，两无消息。

◇注释

[1] 好花谢：女子如凋谢的花一样逝去了。

[2] 验前事端的：前面说的真的都应验了。

[3] 忍思忆：不忍回忆。

◇译文

不能再停留了。时间催人急，奈何芳香的兰草干枯，美丽的花朵凋谢，都是顷刻之间的事。彩云容易消散，玻璃容易破碎，前面说的真的都应验了。

风清月明的夜晚，留下了以前的踪迹。不忍回忆。这次分别，永远的天各一方。是去了仙岛，还是去了地府，都无从知道。

秋夜月·当初聚散

当初聚散[1]。便唤作、无由再逢[2]伊面。近日来、不期而会重欢宴。向尊前、闲暇里，敛着眉儿长叹。惹起旧愁无限。

盈盈泪眼。漫向我耳边，作万般幽怨[3]。奈[4]你自家心下，有事难见。待信真个，恁别无萦绊。不免收心，共伊长远。

◇注释

[1] 聚散：离开。

[2] 再逢：再次相遇。

[3] 幽怨：郁结于心的愁恨。

[4] 奈：无可奈何。

◇译文

当时离开的时候，便说没有机会再和你见面。近日没有想到我们竟不期而会，再次聚会。闲暇的时候，喝着酒，你皱着眉头叹气。又想起以前的无限忧愁。

你眼睛里闪着泪光，在我耳边说着你的万般幽怨。但是我也无可奈何，因有事难以见面。等我没有什么牵绊的时候，收下心来，与你相伴永远。

曲玉管·陇首云飞

陇首云飞，江边日晚，烟波满目凭阑久。立望关河萧索，千里清秋。忍凝眸[1]。杳杳神京，盈盈仙子，别来锦字终难偶。断雁[2]无凭，冉冉飞下汀洲，思悠悠。

暗想当初，有多少、幽欢佳会，岂知聚散难期，翻成雨恨云愁。阻追游。每登山临水，惹起平生心事，一场消黯，永日无言，却下层楼。

◇注释

[1] 忍凝眸：不忍看。

[2] 断雁：失群孤雁。

◇译文

云彩飘过山顶，江边落日洒下余晖，我凭栏伫立，满目烟波。山河萧索，千万里都是一派冷清的秋日景象，让人不忍凝望。遥远的京城，有一位美丽的佳人，自从分别后再难收到她的音信。孤雁没能将书信带来，慢慢飞落在沙洲上，我的思念更加绵长。

回想当初多少次美好的欢会，怎知道聚散难料，最后变成离愁别恨。我们的相会受到重重阻隔。每到登山临水的时候，就会想起这些遭遇，黯然销魂，只好默默无言，走下楼去。

倾杯·离宴殷勤

离宴殷勤，兰舟凝滞，看看送行南浦。情知道世上，难使皓月长圆，彩云镇聚[1]。算人生、悲莫悲于轻别，最苦正欢娱，便分鸳侣。泪流琼脸，梨花一枝春带雨。

惨黛蛾、盈盈无绪。共黯然悄魂，重携纤手，话别临行，犹自再三、问道君须去。频耳畔低语。知多少、他日深盟，平生丹素[2]。从今尽把凭鳞羽。

◇注释

[1] 镇聚：长聚。

[2] 丹素：赤诚纯洁的心。

◇译文

在送行宴上殷勤嘱咐，小船在岸边等待出发，转眼间就来到了送别的地方。明知道难以让明月长圆，彩云长聚。算起来人生中最悲伤的事莫过于经常离别，最苦涩的是正在热恋的情侣，却被迫分离。泪水流在她如花似玉的脸上，好像一枝含春带雨的梨花。

她皱着眉头，默默无语。我与她一样销魂，又牵起她的手，话离别，她犹豫再三，问我真的必须要走吗？反复在我耳边低声问。以后不管有多少誓约，多赤诚的心，都要靠书信来传达了。

倾杯乐·皓月初圆

皓月初圆，暮云飘散，分明夜色如晴昼。渐消尽、醺醺残酒。危阁迥[1]、凉生襟袖。追旧事、一饷凭阑久。如何媚容艳态，抵死孤欢偶[2]。朝思暮想，自家空恁添清瘦。

算到头、谁与伸剖。向道我别来，为伊牵系，度岁经年，偷眼觑、也不忍觑花柳[3]。可惜恁、好景良宵，未曾略展双眉暂开口。问甚时与你，深怜痛惜还依旧。

◇注释

[1] 危阁迥：登上高阁远望。

[2] 抵死孤欢偶：偏偏是孤独一人。抵死，到死，坚决之意。

[3] 觑花柳：看妓女。花柳，指妓女。

◇译文

明亮的月亮刚刚变圆，傍晚的云飘散了，夜色分明，如晴天的白昼一样。醉意渐渐消散。登上阁楼远望，凉风钻进衣袖里。追忆往事，恍惚间已经凭栏许久。为何像我这样的娇媚容颜与姿态，却孤单一人。朝思暮想，白白地让自己消瘦下去。

到头来，谁能替我剖析解忧。分别时，你说因为牵挂着我，以一年为期，即使是偷偷的，也不看其他女子。只可惜，看到这良辰美景，我也不再展眉欢笑，开口说话。什么时候还能再见到你，像以前一样深切地相怜相惜。

倾杯乐·禁漏花深

禁漏[1]花深，绣工日永[2]，蕙风布暖。变韶景、都门十二，元宵三五，银蟾光满。连云复道凌飞观。耸皇居丽，嘉气瑞烟葱茜。翠华宵幸，是处层城阆苑[3]。

龙凤烛、交光星汉。对咫尺鳌山开羽扇。会乐府两籍神仙，梨园四部弦管。向晓色、都人未散。盈万井、山呼鳌抃[4]。愿岁岁，天仗里、常瞻凤辇。

◇注释

[1] 禁漏：皇宫里用以计时的计时器。

[2] 绣工日永：太阳像一个刺绣工人一样，在大地上绣出各种美丽的图画，白昼越来越长。

[3] 阆（làng）苑：传说中的神仙住所。

[4] 鳌抃（biàn）：欢欣鼓舞。

◇**译文**

随着时间的流逝，花草渐渐茂盛，太阳一天天地在大地上绣出各种美丽的图画，白昼越来越长，春风把温暖散布人间。京城内外，一片春日的景象，正月十五夜，皓月当空，月光皎洁。楼台高耸入云。宫内的楼台雄伟壮丽，氤氲着祥瑞之气。皇帝与大家一起赏月，所到之处蓬荜生辉，如同仙境。

龙凤纹的蜡烛与天空中的银河交相辉映。在彩灯装饰的假山旁，打开皇帝仪仗。会见由乐府管理的歌舞队和梨园的乐工。天快亮了，人还没有散去。挤在大街小巷里，向着圣上欢呼。希望年年都能看到皇帝的仪仗。

戚氏·晚秋天

晚秋天。一霎微雨洒庭轩。槛菊萧疏，井梧凌乱惹残烟。凄然。望乡关。飞云黯淡夕阳间。当时宋玉悲感[1]，向此临水与登山。远道迢递[2]，行人凄楚，倦听陇水潺湲。正蝉吟败叶，蛩响衰草，相应喧喧。

孤馆度日如年。风露渐变，悄悄至更阑。长天净，绛河[3]清浅，皓月婵娟。思绵绵。夜永对景，那堪屈指，暗想从前。未名未禄，绮陌红楼[4]，往往经岁迁延。

帝里风光好，当年少日，暮宴朝欢。况有狂朋怪侣，遇当歌、对酒竞流连。别来迅景如梭，旧游似梦，烟水程何限。念名利，憔悴长萦绊。追往事、空惨愁颜。漏箭移、稍觉轻寒。听呜咽、画角数声残。对闲窗畔，停灯向晓，抱影无眠。

◇注释

[1] 宋玉悲感：楚宋玉作《九辩》，发悲秋之感。

[2] 迢递：形容遥远。

[3] 绛河：银河。天空称为绛霄，银河称为绛河。

[4] 绮陌红楼：犹言花街青楼。绮陌，繁华的道路。

◇译文

晚秋时节，一阵微雨洒落在庭院里。栅栏边的菊花萧索稀疏，井边的梧桐树叶飘零，烟雾笼罩。一片凄凉。向远方的江关望去，夕阳中的晚霞渐渐暗淡。想当年，宋玉多么悲愤，曾在此登山临水。道路遥远，行路人凄楚悲伤，走累了，歇着听陇水潺潺流动。正值蝉在枯枝败叶中鸣叫，蟋蟀在枯草中鸣叫，此起彼伏地喧闹着。

独自在驿馆中度日如年。秋风和露水渐渐变得寒冷，悄然间已到深夜。夜空明净，银河深深浅浅，一轮明月挂在天上，思念绵绵不断。长夜里对着这样的场景，不忍屈指掐算，回忆从前。那时候没有取得功名利禄，经常出入秦楼楚馆，一年年就这样过去了。

京城里风光好，年少时，早晚都想着宴饮欢聚。况且还有行为狂放，不循常规狷傲的朋友，遇到了就对酒当歌，流连忘返。离别后时光如梭，以前的游乐像梦一样，望前方还是一片烟雾迷茫。功名利禄将我羁绊，日渐憔悴。

追忆往事，白白添了愁容。漏箭移动，觉得有些寒冷。画角的呜呜声隐约飘来。闲坐在窗边，熄了灯火等着天亮，形单影只，彻夜难眠。

瑞鹧鸪·吹破残烟入夜风

吹破残烟入夜风。一轩明月上帘栊[1]。因惊路远人还远，纵得心同寝未同。

情脉脉，意忡忡。碧云归去认无踪。只应曾向前生里，爱把鸳鸯两处笼。

◇注释

[1] 帘栊：门窗的帘子。

◇译文

夜晚的风吹散了残留的烟气。窗外升起了一轮明月。害怕路途遥远，更怕人心不合，就是心意相合也无法在同地相处。

含情脉脉，忧心忡忡。蓝天里的白云飘走后无觅影踪。我应当是在前世，喜欢把鸳鸯养在两个笼子里。

瑞鹧鸪·天将奇艳与寒梅

天将奇艳与寒梅。乍惊繁杏腊前开。暗想花神，巧作江南信[1]，解染胭脂细剪裁。

寿阳妆罢无端饮，凌晨酒入双腮。恨听烟坞[2]深中，谁恁吹羌管逐风来。绛雪[3]纷纷落翠苔。

◇注释

[1] 江南信：江南的音信。

[2] 烟坞：烟雾笼罩的花坞。坞，地势周围高中间凹的地方。

[3] 绛雪：红色的雪，比喻飘落的梅花瓣。

◇译文

上天赋予寒梅奇异的艳丽。乍一看还以为是繁盛的杏花提前在腊月盛开。暗想这是花神巧妙地传递江南的音信，用胭脂将它染色，又细细剪裁。

化好了梅花妆，无端地饮酒，喝得两颊红润。在烟气笼罩的花坞深处，不知是谁吹的羌笛声随风而来。红色的花瓣纷纷飘落在翠绿的苔藓上。

瑞鹧鸪·全吴嘉会古风流

全吴[1]嘉会古风流。渭南往岁忆来游。西子方来、越相功成去，千里沧江一叶舟。

至今无限盈盈者，尽来拾翠[2]芳洲。最是簇簇寒竹[3]，遥认南朝画、晚烟收。三两人家古渡头。

◇注释

[1] 全吴：苏州。

[2] 拾翠：本义为拾取翠鸟羽毛以为首饰，后多指妇女游春。

[3] 寒竹：偏僻冷落的村庄。

◇译文

苏州众美相聚，自古以来就是风流之地。回想起以前曾经在渭南游玩过。西施和范蠡功成身退，泛一叶扁舟离去。

古往今来多少风姿绰约的女子，都来这里游春。特别是那几处偏僻冷落的村庄，傍晚的烟雾散去后，依稀可以看出是南北朝时期的古道。两三户人家散落在古渡口。

瑞鹧鸪·宝髻瑶簪

宝髻瑶簪。严妆巧，天然绿媚红深。绮罗丛里，独逞讴吟[1]。一曲阳春定价，何啻值千金。倾听处，王孙帝子，鹤盖成阴。

凝态掩霞襟[2]。动象板声声，怨思难任。嘹亮处，迥压弦管低沉。时恁回眸敛黛，空役五陵心[3]。须信道，缘情寄意，别有知音。

◇注释

[1] 讴吟：歌唱。

[2] 凝态掩霞襟：美艳的衣服衬托着庄重的神态。

[3] 五陵心：指豪门公子的心。五陵，西汉王朝设立的五个陵邑，后世诗文中借指豪门贵族。

◇译文

梳着发髻带着玉簪，妆容严整精巧，天生的乌发红颜。在美人中间，独自歌唱。如果给她唱的歌定价，何止是值千金。在她歌唱的地方，贵族子弟的车驾连片成荫。

美艳的衣服衬托着庄重的神态。象牙的拍板声声，幽怨之情让人难以承受。歌声高亢，压过了低沉的伴奏声。不时地回眸皱眉，凭空便牵动豪门公子的心。要相信，歌声是抒发感情、寄托情意的，知音另有他人。

少年游·长安古道马迟迟

长安古道马迟迟。高柳乱蝉栖。夕阳岛外，秋风原上，目断四天垂。

归云[1]一去无踪迹，何处是前期。狎兴[2]生疏，酒徒萧索，不似去年时。

◇注释

[1] 归云：指游子。

[2] 狎兴：轻快洒脱的游玩兴致。

◇译文

骑着马缓慢行走在长安的古道上，高高的柳树上蝉在嘈杂地鸣叫。夕阳落在小岛外，秋风从原野上吹来，望远处暮色四合。

游子一去漂泊不定，去哪里寻找以前的约会呢。玩乐的兴致减退，一起喝酒的伙伴也不多了，再也不像以前一样了。

少年游·世间尤物意中人

世间尤物意中人。轻细好腰身。香帏睡起，发妆酒酽[1]，红脸杏花春。

娇多爱把齐纨扇[2]，和笑掩朱唇。心性温柔，品流闲雅[3]，不称在风尘。

◇注释

[1] 酒酽（yàn）：酒浓。这里指脸色像喝了酒一样红润。

[2] 齐纨扇：用齐地出产的细绢制成的团扇。

[3] 闲雅：闲和温雅。

◇译文

我的意中人是世间尤物，腰肢纤细，身段轻盈。从香帷中起床，开始化妆，脸色像喝了酒一样红润，如春天里的杏花。

她娇媚可爱，喜欢把玩团扇，笑的时候，用扇子遮住红唇。她的心性温柔，气质闲和温雅，不像是沦落在风尘中的人。

少年游·层波潋滟远山横

层波潋滟远山横[1]。一笑一倾城。酒容红嫩，歌喉清丽，百媚坐中生。

墙头马上初相见，不准拟、恁多情。昨夜杯阑，洞房深处，特地快逢迎[2]。

◇注释

[1] 潋滟：水波荡漾，这里形容眼睛清澈明亮。远山横：淡雅的眉毛如同远山横卧。

[2] 逢迎：迎接。

◇译文

眼睛清澈明亮如水波荡漾，淡雅的眉毛如同远山横卧，一笑倾城。饮酒后的面容红嫩，歌喉清丽，坐在那里就生出千娇百媚。

墙头马上第一次见面，没想到之后如此多情。昨夜喝完酒后，你从深深的闺房中，快步出来迎接我。

少年游·淡黄衫子郁金裙

淡黄衫子郁金裙[1]。长忆个人人。文谈闲雅，歌喉清丽，举措好精神。

当初为倚深深宠，无个事、爱娇嗔。想得别来，旧家模样，只是翠蛾颦[2]。

◇注释

[1] 郁金裙：古时用郁金香草染制的金黄色裙。亦泛指黄裙。

[2] 翠蛾颦：皱眉的样子。翠蛾，妇女细而长曲的黛眉。

◇译文

淡黄色的短衫，郁金香色的裙子。我总是思念她。文辞谈吐娴静文雅，歌喉清丽，举手投足间很有精神。

当初倚仗着我对她深深的宠爱，没事就喜欢发小脾气。想到分别以后，她应该还是以前的模样，只是皱着眉头。

少年游·日高花谢懒梳头

日高花谢[1]懒梳头。无语倚妆楼。修眉敛黛[2]，遥山横翠，相对结春愁。

王孙走马长楸陌[3]，贪迷恋、少年游。似恁疏狂，费人拘管[4]，争似不风流。

◇注释

[1] 花谢：位于花木丛中的房屋。

[2] 敛黛：皱着眉毛。

[3] 楸陌：两边种着楸树的道路，引申为大路。

[4] 费人拘管：令人牵挂。

◇译文

高高的日头照在花木丛中的房屋上，起床后懒得梳头。默默地倚靠在梳妆楼上。皱着的细长眉毛与青翠的远山相对着，都含着春愁。

王孙公子骑着马走在大路上，少年人迷恋游玩。像这样放荡不羁，劳烦人牵挂，还不如不风流。

少年游·佳人巧笑值千金

佳人巧笑值千金。当日偶情深。几回饮散，灯残香暖，好事尽鸳衾。

如今万水千山阻，魂杳杳[1]、信沉沉。孤棹[2]烟波，小楼风月，两处一般心。

◇注释

[1] 魂杳杳：形容距离远，踪迹渺茫。

[2] 棹：船桨，这里代指船。

◇译文

佳人美好的笑容值千金。当时我们感情深厚。几次喝完酒后，烛光暗淡，香炉温暖，我们在鸳鸯被中成就好事。

如今万水千山阻隔，踪迹渺茫，杳无音信。孤单的小船飘荡在烟雾苍茫的水面上，对着小楼的风月，我们虽在两地，但是心意相同。

少年游·一生赢得是凄凉

一生赢得是凄凉。追前事、暗心伤。好天良夜，深屏香被，争忍便相忘。

王孙动是经年去，贪迷恋、有何长[1]。万种千般，把伊情分，颠倒[2]尽猜量。

◇注释

[1] 有何长：有什么益处。

[2] 颠倒：反复。

◇译文

一生得到的仅是凄凉，追想往事，暗自伤心。良辰美景，闺房深处香被里，怎么忍心忘记这美好的时光。

王孙公子在这几年里经常去找你，我还深深地迷恋着你，有什么好处呢。我把你的万种风情，颠来倒去地猜测估量。

少年游·参差烟树灞陵桥

参差烟树灞陵桥。风物[1]尽前朝。衰杨古柳，几经攀折，憔悴楚宫腰。

夕阳闲淡秋光老，离思满蘅皋[2]。一曲《阳关》[3]，断肠声尽，独自凭兰桡[4]。

◇注释

[1] 风物：风俗。

[2] 蘅皋（héng gāo）：长满杜衡的水边陆地。

[3]《阳关》：王维之诗《渭城曲》翻入乐内《阳关三叠》，为古人送别之曲。

[4] 兰桡（ráo）：小船的美称。

◇译文

灞陵桥边，烟雾笼罩着参差不齐的树木。这里的风俗与前朝一样。古老的杨柳，经过人们多次折枝，如饿成细腰的女子一样憔悴。

夕阳的光线淡淡的，秋景渐渐散去，离别的愁思像水边陆地上的杜衡一样生长。一曲《阳关三叠》，曲尽肝肠寸断，独自靠在船的栏杆上。

少年游·铃齐无讼宴游频

铃齐[1]无讼宴游频。罗绮簇簪绅[2]。施朱傅粉，丰肌清骨，容态尽天真。

舞裀歌扇花光里，翻回雪、驻行云。绮席[3]阑珊，凤灯[4]明灭，谁是意中人。

◇注释

[1] 铃齐：古代州郡官员办事的地方。

[2] 簪绅：均为装饰物。簪，用来绾住头发的首饰。绅，官员束腰的带子。

[3] 绮席：盛美的宴席。

[4] 凤灯：油灯的美称。

◇译文

铃斋没有要处理的诉讼，频频举行宴会游玩。衣着艳丽的女子簇拥着官员。脸上施着粉黛，骨骼清瘦，肌肤饱满，面容、体态天真自然。

在花的光彩下，歌女持着扇子在地毯上歌舞，舞姿如同风吹雪般飘扬，歌声响遏行云。盛美的宴席快要结束的时候，凤灯明灭，她的意中人是谁。

少年游·帘垂深院冷萧萧

帘垂深院冷萧萧。花外漏声遥。青灯未灭，红窗闲卧，魂梦去迢迢。

薄情漫有归消息，鸳鸯被、半香消。试问伊家，阿谁[1]心绪，禁得恁无憀[2]。

◇注释

[1] 阿谁：何人。

[2] 无憀：因空闲而烦闷。

◇译文

帘幕低垂，深深的庭院里冷冷清清。隔着花可以听到滴漏声传来。油灯还没有燃尽，悠闲地躺在窗边，魂梦去了遥远的地方。

薄情的人还没有回来的消息，鸳鸯被上的香气大部分已经消失了。试问你，何人有这样的心绪，禁得住这样的无聊。

诉衷情近·雨晴气爽

雨晴气爽，伫立江楼望处。澄明远水生光，重叠暮山耸翠[1]。遥认断桥幽径，隐隐渔村，向晚孤烟起。

残阳里。脉脉朱阑静倚。黯然[2]情绪，未饮先如醉。愁无际。暮云过了，秋光老尽[3]，故人千里。竟日空凝睇。

◇注释

[1] 耸翠：形容山峦、树木等高耸苍翠。

[2] 黯然：情绪低落、心情沮丧的样子。

[3] 老尽：衰竭，意为深秋。

◇译文

雨后初晴，天气清爽，伫立在江边的楼阁望向远处。江水澄澈波光粼粼，重重叠叠的山峦高耸苍翠。远远地可以认出断桥和幽深的小路，若隐若现的渔村，在傍晚时分飘起了炊烟。

夕阳斜照，静静地倚靠在栏杆上，情绪低落，还未喝酒便先醉了。忧愁无边无际。傍晚的云彩飘过，已到深秋，故人远在千里。终日里空空地凝望着。

诉衷情·一声画角日西曛

一声画角[1]日西曛。催促掩朱门。不堪更倚危阑，肠断已消魂[2]。

年渐晚，雁空频。问无因。思心欲碎，愁泪难收，又是黄昏。

◇注释

[1] 画角：古代乐器名，军队中多使用，相当于军号。

[2] 消魂：灵魂离散，此处形容极度的愁苦。

◇译文

画角声中，夕阳西下。催促着人们要关门了。承受不住极致的思念，倚靠在高楼的栏杆上，肠断魂销。

渐渐到了年末，大雁频频飞回却没有带来消息。也问不到原因。思念让人心碎，忧愁的眼泪止不住地流，又到了黄昏。

思归乐·天幕清和堪宴聚

天幕清和[1]堪宴聚。想得尽、高阳俦侣[2]。皓齿善歌长袖舞。渐引入、醉乡深处。

晚岁光阴能几许。这巧宦、不须多取。共君事把酒听杜宇。解再三、劝人归去。

◇注释

[1] 天幕清和：天气清明暖和。

[2] 高阳俦（chóu）侣：一起放纵喝酒的朋友。

◇译文

天气清明暖和可以举行宴会，将一起放纵喝酒的朋友都约上。明眸皓齿的女子善于歌舞。我渐渐地喝醉了。

到了晚年，这样的光阴还能有多少呢。功名官位不需要过多地索取，与君一起端着酒杯听杜鹃声声，好像再三地劝人归去。

受恩深·雅致装庭宇

雅致装庭宇。黄花开淡泞。细香明艳尽天与。助秀色堪餐[1]，向晓自有真珠露。刚被金钱妒。拟买断秋天，容易独步。

粉蝶无情蜂已去。要上金尊，惟有诗人曾许。待宴赏重阳，恁时尽把芳心吐。陶令[2]轻回顾。免憔悴东篱，冷烟寒雨。

◇注释

[1] 秀色堪餐：秀色可餐。常形容美女，此处指景色。

[2] 陶令：陶渊明。陶渊明曾任彭泽令，后人称之为陶令。

◇译文

庭院装点得很雅致。菊花清新明净。淡淡的香气与明艳的颜色都是上天赐予的。秀色可助餐，天快亮时，自然会有露珠挂在上面。金黄的颜色被黄金嫉妒。打算占尽秋色，独领风骚。

粉蝶和蜜蜂都无情离去，要登上金色之尊，只有陶渊明曾许它如此地位。等到重阳节宴赏时，那时再把芳心吐露。陶渊明若轻轻回首，看到菊花在冷烟寒雨中残落，也不免在东篱黯然憔悴。

双声子·晚天萧索

晚天萧索，断蓬踪迹，乘兴兰棹东游。三吴风景，姑苏[1]台榭，牢落[2]暮霭初收。夫差旧国，香径没、徒有荒丘。繁华处，悄无睹，惟闻麋鹿呦呦。

想当年、空运筹决战，图王取霸无休。江山如画，云涛烟浪，翻输[3]范蠡扁舟。验前经旧史，嗟漫载、当日风流。斜阳暮草茫茫，尽成万古遗愁。

◇注释

[1] 姑苏：山名，在苏州西南，上有吴王夫差所筑之姑苏台。

[2] 牢落：零落荒凉的样子。

[3] 翻输：反而不如。

◇译文

傍晚的天空萧索，断根的蓬草在风中飘飞，我乘兴坐着小船东游。三吴一带的风景，姑苏城的亭台水榭，零落荒凉，傍晚的烟雾刚刚消散。这里是吴王夫差的旧都，花香小路已经消失，只留下荒凉的山丘。以前的繁华景象，如今静悄悄的，什么也看不到了，只听到呦呦的鹿鸣声。

遥想当年，夫差运筹帷幄，决一死战，为的是争霸称雄。江山如画，云烟翻腾，反而不如范蠡泛一叶扁舟逍遥。查验前代经史，感慨范蠡当时的风流。夕阳西照，暮色沉沉，野草茫茫，就像那永不消散的愁情。

送征衣·过韶阳

过韶阳。璿枢电绕[1]，华渚虹流，运应千载会昌。罄寰宇、荐殊祥。吾皇。诞弥月，瑶图缵庆，玉叶[2]腾芳。并景贶[3]、三灵眷祐，挺英哲、掩前王。遇年年、嘉节清和，颁率土称觞。

无间要荒华夏，尽万里、走梯航[4]。彤庭舜张大乐，禹会群方。鹓行[5]。望上国，山呼鳌抃，遥爇[6]炉香。竟就日、瞻云献寿，指南山、等无疆。愿巍巍、宝历鸿基，齐天地遥长。

◇注释

[1] 璿枢电绕：璿枢，璇星和枢星。璇是北斗七星第二星，枢为第一星，此处代指北斗七星。电绕，电光环绕。电绕北斗星的异常天象是祥瑞的征兆，传说黄帝生时电光绕北斗。

[2] 玉叶：指皇室子孙。

[3] 景贶（kuàng）：贶景，上天赐予的奇异美景。

[4] 梯航：梯山航海，比喻长途跋涉，经历险远的旅程。

[5] 鹓行：指朝班。鹓，传说中与鸾凤同类的鸟，其飞行序列井然。故以之喻朝臣之行列。

[6] 爇（ruò）：点燃。

◇**译文**

美丽温暖的春天刚刚过去。电光环绕北斗七星，星星如长虹一般流入华渚，预示着国运千载昌盛。整个宇宙都在进献祥瑞。十月足胎，我皇诞生。皇室族谱枝繁叶茂，皇族子孙人才济济。所有这一切的吉兆，保佑着天、地、人三灵，功德位于英哲前列，超越了前王。每逢四月佳节，赏赐全国举杯祝酒。

无论是附属国还是中原大地，都不远万里，跋山涉水而来。皇宫里奏响《韶乐》，像大禹那样宴请各方诸侯。朝臣队列整齐有序。附属国仰望宗主国，山呼鼓掌，点燃香炉。人们如接近太阳、瞻仰云神一样为皇帝祝寿，祝愿我皇寿比南山、万寿无疆。愿我朝的鸿基伟业，与天地齐长。

殢人娇·当日相逢

当日相逢，便有怜才深意。歌筵罢、偶同鸳被。别来光景，看看经岁。昨夜里、方把旧欢重继。

晓月将沉，征骖[1]已鞴。愁肠乱、又还分袂[2]。良辰美景，恨浮名牵系。无分得[3]、与你恣情浓睡。

◇注释

[1] 征骖：驾车远行的马。亦指旅人远行的车。

[2] 分袂：分别。

[3] 无分得：没有福分能够。

◇译文

当初相逢的时候，就有了爱怜你的情意，歌舞宴席结束后，一起同床共枕。分别后，转眼间过了一年。昨天夜里，才重新续上以前的欢会。

月亮渐渐下沉，远行的马已经备好。离愁扰乱了心绪，又要分别。良辰美景，只恨自己被浮名利禄所牵绊。没有缘分与你一起浓情酣睡。

望远行·绣帏睡起

绣帏睡起。残妆浅、无绪匀红铺翠[1]。藻井[2]凝尘，金阶铺藓，寂寞凤楼十二。风絮纷纷，烟芜苒苒，永日画阑，沉吟独倚。望远行，南陌春残悄归骑。

凝睇。消遣离愁无计。但暗掷、金钗买醉。对好景、空饮香醪，争奈转添珠泪。待伊游冶归来，故故解放翠羽，轻裙重系。见纤腰围小，信人憔悴。

◇注释

[1] 铺翠：画眉。

[2] 藻井：绘有纹彩、状如井口的天花板。

◇译文

从绣帐中起床，脸上残余的妆已经很浅了，没有心思涂粉画眉。天花板结满灰尘，台阶上长满苔藓，凤楼里的闺阁十分寂寞。风中的柳絮纷纷扬扬，烟雾中的草丛郁郁葱葱，终日独自倚靠着栏杆，沉吟深思。遥望远行的人，南边道路上的春已尽，却不见他骑马归来。

凝望着，无法排遣心中忧愁，只有默默拿金钗换酒喝。对着美好的景色。徒然独饮美酒，怎奈又增添眼泪。等到你出游回来，故意解开外衣，重新系上薄纱裙。看到我纤细的腰，你就知道讲信用的人是多么憔悴了。

望远行·长空降瑞

长空降瑞，寒风剪[1]，淅淅瑶花[2]初下。乱飘僧舍，密洒歌楼，迤逦[3]渐迷鸳瓦。好是渔人，披得一蓑归去，江上晚来堪画。满长安，高却旗亭酒价。

幽雅。乘兴最宜访戴，泛小棹、越溪潇洒。皓鹤夺鲜，白鹇失素，千里广铺寒野。须信幽兰歌断，彤云收尽，别有瑶台琼榭。放一轮明月，交光清夜。

◇注释

[1] 寒风剪：寒风扑来。

[2] 瑶花：瑶华，美玉。此处指雪花。

[3] 谯逦：雪花慢慢飘落的样子。

◇译文

天空下起了瑞雪，寒风扑面而来，雪花簌簌而下。飘进了僧人的屋舍，飘进了歌女的楼阁，连绵不断，渐渐模糊了鸳鸯瓦。最好有一位渔人，披着蓑衣回去，傍晚的江上如同一幅画。整个长安的酒价都被抬高了。

环境优雅。乘着兴致最适合寻访朋友，划着小船潇洒地到越溪。白鹤失去颜色，白鹇看着也不洁白了，千里原野都被大雪覆盖。要相信等雪停了，红云消散，亭台楼榭别有一番景致。明月与雪在夜里交相辉映。

望汉月·明月明月明月

明月明月明月。争奈乍圆还缺。恰如年少洞房人，暂欢会、依前离别[1]。

小楼凭槛处，正是去年时节。千里清光又依旧，奈夜永[2]、厌厌人绝[3]。

◇注释

[1] 依前离别：像以前一样离别。

[2] 夜永：夜长。

[3] 厌厌人绝：人的精神不振。厌厌，精神不振的样子。

◇译文

明月啊明月，怎奈刚圆了又缺。正如年少的情人，短暂的欢会之后，又要像以前一样分别。

站在小楼上凭栏，去年正是在这个时候分别。月光洒下的千里清辉像以前一样，奈何漫漫长夜，让人精神不振。

望海潮·东南形胜

东南形胜，三吴都会，钱塘自古繁华。烟柳画桥，风帘翠幕，参差十万人家。云树绕堤沙。怒涛卷霜雪，天堑无涯。市列珠玑，户盈罗绮竞豪奢。

重湖[1]叠巘[2]清嘉。有三秋桂子，十里荷花。羌管弄晴，菱歌泛夜，嬉嬉钓叟莲娃。千骑拥高牙[3]。乘醉听箫鼓、吟赏烟霞。异日图将好景，归去凤池夸。

◇注释

[1] 重湖：以白堤为界，西湖分为里湖和外湖，所以也叫重湖。

[2] 叠巘（yǎn）：层层叠叠的山峦。巘，小山峰。

[3] 高牙：古代行军有牙旗在前引导，旗很高，故称“高牙”。

◇译文

这里地处东南，地理位置优越，是三吴的都会，钱塘自古以来就繁华。如烟的柳树，彩绘的桥梁，飘扬的风帘，翠绿的帷幕，十万多户人家的房屋参差排列着。高耸入云的大树环绕着沙堤，汹涌的波涛卷起洁白如雪的浪花，一望无际。市场上陈列着奇珍异宝，家家存满了绫罗绸缎，争相比着谁更奢华。

西湖秀丽，重峦叠嶂，秋天桂花金黄，夏天荷花飘香。人们在晴天里吹着羌笛，夜晚划着船采莲歌唱，钓鱼的老翁、采莲的姑娘都喜笑颜开。上千的骑兵簇拥着高官，趁着醉意听箫鼓，吟赏云霞。他日将这美好的景致描画出来，等回京时向朝中的人们夸耀。

巫山一段云·萧氏贤夫妇

萧氏贤夫妇[1]，茅家好弟兄[2]。羽输[3]飙驾赴层城。高会尽仙卿。

一曲云谣为寿。倒尽金壶碧酒。醺酣争撼白榆花。踏碎九光霞。

◇注释

[1] 萧氏贤夫妇：泛指贤能的夫妻。

[2] 茅家好弟兄：指汉代一齐修炼成仙的茅盈、茅固、茅衷三弟兄，后世称之为“三茅真君”。

[3] 羽输：神仙所乘的飞车。

◇译文

萧氏是贤能的夫妇，茅家有三个好兄弟。驾着飞车乘风而行赶赴层城的宴会，隆重的宴会上都是神仙。

一曲《白云谣》为西王母祝寿，喝光了金壶里的美酒。醉醺醺中，大家争着摇晃白榆树，踏碎了五彩斑斓的云霞。

巫山一段云·六六真游洞

六六真游洞[1]，三三物外天[2]。九班麟稳[3]破非烟。何处按云轩[4]。

昨夜麻姑[5]待宴。又话蓬莱清浅。几回山脚望云涛。仿佛见金鳌。

◇注释

[1] 六六真游洞：三十六洞天，道家称神仙居住的地方为洞天。

[2] 三三物外天：世外九天。

[3] 九班麟稳：九仙麟驾安稳。

[4] 云轩：神仙所乘之车。

[5] 麻姑：女仙名，建昌人，修道于牟州东南余姑山。

◇译文

三十六洞天，世外九天。九仙安稳地驾着麒麟冲破祥云。哪里才能摸到神仙所乘之车呢。

昨天晚上麻姑在宴会上作陪。又说到蓬莱池的水又清又浅。多次在仙山脚下拨弄浮云，仿佛看见了金龟。

巫山一段云·琪树罗三殿

琪树[1]罗三殿，金龙抱九关。上清真籍[2]总群仙。朝拜五云间。

昨夜紫微诏下。急唤天书使者。令赍瑶检[3]降彤霞。重到汉皇家。

◇注释

[1] 琪树：仙境中的玉树。

[2] 上清：灵宝天尊，道教中的神。真籍：指真人或仙家的名册。

[3] 赍（jī）：带着。瑶检：玉制的书籍封套，此代指天书。

◇译文

神仙居住的宫殿里种满了玉树，九重天门上金龙缠绕。灵宝天尊的名册里涵盖各位神仙。他们在五彩祥云间朝拜。

昨天晚上天帝下了诏书，急急召唤传达天书的使者。降下五彩祥云，重新送到汉皇家。

巫山一段云·阆苑年华永

阆苑年华永，嬉游别是情。人间三度见河清[1]。一番碧桃成。

金母忍将轻摘。留宴鳌峰[2]真客。红狵[3]闲卧吠斜阳。方朔敢偷尝。

◇注释

[1] 人间三度见河清：传说黄河三千年一清，意为经历了九千年。

[2] 鳌峰：翰林院。

[3] 红狵（máng）：红毛狗。

◇译文

阆苑里时间仿佛是永恒的，在这里游玩别有一番情趣。人间已经过了九千年，西王母的蟠桃才结果。

西王母不忍将蟠桃轻易摘下，留着宴请翰林院的仙人们。红毛狗懒散地卧着，冲着夕阳叫个不停。岁星东方朔敢偷尝仙桃。

尾犯·夜雨滴空阶

夜雨滴空阶，孤馆梦回，情绪萧索。一片闲愁，想丹青难貌[1]。渐秋老、蛩声[2]正苦，夜将阑、灯花旋落。最无端处，总把良宵，只恁孤眠却。

佳人应怪我，别后寡信轻诺。记得当初，剪香云为约。甚时向、幽闺深处，按新词、流霞共酌。再同欢笑，肯把金玉珠珍博。

◇注释

[1] 丹青难貌：难以用图画描绘。

[2] 蛩（qióng）声：蟋蟀的鸣叫声。

◇译文

夜晚雨落在空空的台阶上，独自身在旅馆的我多次从梦中惊醒，感到萧索凄凉。这种无缘无故的闲愁，难以用图画描绘。渐渐进入深秋，蟋蟀的叫声正显得愁苦，夜将尽，灯花燃尽。最无聊的就是如此良辰，却孤枕难眠。

佳人应该会怪我，离别后不守信用，轻易许诺。记得当初，她剪下头发与我约定。什么时候才能在深深的闺房里，填写新词，共饮美酒。如果能和她再度欢笑，我愿意拿金玉珍珠来换取这样的机会。

尾犯·晴烟幂幂

晴烟幂幂[1]。渐东郊芳草，染成轻碧。野塘风暖，游鱼动触，冰澌微坼[2]。几行断雁，旋次第、归霜碛。咏新诗，手捻江梅，故人赠我春色。

似此光阴催逼。念浮生、不满百。虽照人轩冕[3]，润屋珠金，于身何益。一种劳心力。图利禄、殆非长策。除是恁、点检笙歌，访寻罗绮消得。

◇注释

[1] 幂幂：浓密貌，这里指烟雾朦胧的样子。

[2] 冰澌（sī）微坼（chè）：水面上的冰微微开裂。澌，解冻后随水流动的冰块。

[3] 轩冕：古时大夫以上官员的车乘和冕服。

◇译文

晴天里，烟雾朦胧。东郊的芳草，渐渐长成浅浅的碧绿色。野外的池塘里，暖风阵阵，鱼儿开始游动，水面上的冰微微开裂。几行失群的大雁从空中飞落在降霜的浅滩上。吟咏着新诗，手中拿着来自江南的梅花，这是老朋友送我的一抹春色。

光阴如此催人，想我这一生还不满百岁。虽然官位显赫，家里富丽堂皇，这对身心有什么好处呢，都是一样的费心劳力。贪图功名利禄，不是长久之计。除非是欣赏笙歌，寻访佳人才值得。

西施·自从回步百花桥

自从回步百花桥[1]。便独处清宵。凤衾鸳枕，何事等闲抛。纵有馀香，也似郎恩爱，向日夜潜消。

恐伊不信芳容改，将憔悴、写霜绡[2]。更凭锦字，字字说情憀。要识愁肠，但看丁香树，渐结尽春梢。

◇注释

[1] 百花桥：元彻、柳实与仙女相会之处。此处指与情郎离别之地。

[2] 霜绡：白绫。

◇译文

自从与你离别之后，就独自一人度过清冷的夜晚。以前同床共枕的时光，为何被轻易地抛弃呢。纵然还有残留的香气，就像你对我的恩爱，一天天慢慢地消逝。

怕你不相信我的容颜已改变，将我憔悴的样子画在了白绫上。更凭借着书信，字字诉说着悲思之情。要知道我的愁绪有多少，只要看丁香树，春末结满了花蕾。

西施·柳街灯市好花多

柳街灯市好花[1]多。尽让美琼娥。万娇千媚，的的[2]在层波。取次梳妆，自有天然态，爱浅画双蛾。

断肠最是金闺客，空怜爱、奈伊何。洞房咫尺，无计枉朝珂[3]。有意怜才，每遇行云处，幸时恁相过。

◇注释

[1] 好花：美女。

[2] 的的：分明。

[3] 朝珂：官员上朝骑的马上的玉，这里代指骏马。

◇译文

柳街灯市上有许多美女，但是都比不上她。千娇百媚，分明都在眼睛里。随意地梳妆，就有天然的美好面貌，喜欢画浅浅的双眉。

最伤心断肠的是我，空自喜欢她，却无法接近她。她的闺房近在咫尺，空有骏马也无法过去。有意爱怜她的才气，每当听到她的歌声，希望能够再次探访她。

西江月·凤额绣帘高卷

凤额绣帘高卷，兽镮[1]朱户频摇。两竿红日上花梢。春睡厌厌难觉[2]。

好梦狂随飞絮，闲愁浓胜香醪[3]。不成雨暮与云朝[4]。又是韶光过了。

◇注释

[1] 兽镮：兽环，大门上的金属门环，衔在兽头形装饰的口中。

[2] 难觉：难醒。

[3] 香醪：香酒。醪，浊酒。

[4] 雨暮与云朝：即朝云暮雨。原指神女的早晚变化，后人用以喻指男女的相会。

◇译文

绣着凤凰图案的帘幕高高卷起，朱门上的兽环频频晃动。红日上两竿，照在花梢上。春天让人困乏倦怠，难以醒来。

美梦随飞絮一起飘走，闲愁比香浓的醇酒还要浓烈。还未与心爱的人欢会，美好的春光就这样过去了。

西平乐·尽日凭高目

尽日凭高目[1]，脉脉春情绪。嘉景清明渐近，时节轻寒乍暖[2]，天气才晴又雨。烟光淡荡，妆点平芜[3]远树。黯凝伫。台榭好、莺燕语。

正是和风丽日，几许繁红嫩绿，雅称嬉游去。奈阻隔、寻芳伴侣。秦楼凤吹，楚馆云约，空怅望、在何处。寂寞韶华暗度。可堪向晚，村落声声杜宇。

◇注释

[1] 凭高目：登高远眺。

[2] 轻寒乍暖：天气刚转暖，但仍有微寒之意。

[3] 平芜：平旷的原野。

◇译文

整日里登高远眺，绵延不尽的伤春情绪。景色美丽的清明时节快到了，气温刚转暖，还有些微寒，天气刚放晴又下起了雨。烟气飘荡，装点着平旷原野上的树木。暗自伫立凝视。台榭上莺声燕语。

正是风和日丽的日子，到处的红花绿叶都在劝人们出去玩。怎奈一起探寻美景的伴侣相隔受阻。与秦楼楚馆里吹凤笛的女子约定，如今只能空自远望，她在哪里呢。默默度过寂寞的青春年华。不能忍受傍晚时分，村落里传来的阵阵杜鹃声。

雪梅香·景萧索

景萧索，危楼独立面晴空。动悲秋情绪，当时宋玉应同。渔市孤烟袅寒碧，水村残叶舞愁红。楚天阔，浪浸斜阳，千里溶溶。

临风。想佳丽，别后愁颜，镇敛眉峰[1]。可惜当年，顿乖雨迹云踪[2]。雅态妍姿正欢洽，落花流水忽西东。无憀恨、相思意，尽分付征鸿。

◇注释

[1] 镇敛眉峰：双眉紧锁的样子。

[2] 雨迹云踪：男女欢爱。宋玉的《高唐赋》中写楚王与巫山神女欢会，神女称自己“旦为朝云，暮为行雨”。

◇译文

秋景萧索，我独自站在高楼上面对着晴空。引发的悲秋情绪，应该与宋玉当时的心情相同。渔市里孤烟袅袅升上碧空，水边村庄的残叶在风霜中猎猎发红。楚江广阔，浪花拍打着夕阳的倒影，千里水天一色。

吹着风，想着佳人，自从离别后总是满面愁容，眉头紧锁。可惜当年欢会后突然分手。她体态优雅，容颜艳丽，两人相谈甚欢，如今却像落花与流水一样各奔东西。此恨绵绵，将这份相思托付给远飞的大雁。

夏云峰·宴堂深

宴堂深。轩楹雨，轻压暑气低沉。花洞彩舟泛斝[1]，坐绕清浔。楚台风快，湘簟[2]冷、永日披襟。坐久觉、疏弦脆管，时换新音。

越娥兰态蕙心。逞妖艳、昵欢邀宠难禁。筵上笑歌间发，舄[3]履交侵。醉乡深处，须尽兴、满酌高吟。向此免、名缰利锁，虚费光阴。

◇注释

[1] 斝（jiǎ）：青铜制的酒器。

[2] 湘簟（diàn）：湘竹编的席子。

[3] 舄（xì）：鞋。

◇译文

宴堂深深，细雨飘进廊前，将暑气压下去一些。在水边的花深处泛舟饮酒，清溪环绕在身边。楚台上风急，竹席上微冷，整日里披着衣服。坐的时间长了，发现舒缓的弦声和清脆的管乐声，不时奏出没有听过的新乐曲。

越地的美女蕙质兰心。展现着自己的妖艳、亲昵地向我邀宠，让我难以抵挡。宴席上笑声和歌声交织在一起，鞋子互相碰踏。喝醉了，就尽情高声吟唱。从此以后，摆脱名利的牵绊，就这样虚度光阴吧！

小镇西犯·水乡初禁火

水乡初禁火，青春未老。芳菲满、柳汀烟岛[1]。波际红帏缥缈。尽杯盘小。歌祓禊[2]，声声谐楚调。

路缭绕。野桥新市里，花秾妓好。引游人、竞来喧笑。酩酊谁家年少。任玉山倒。家何处，落日眠芳草。

◇注释

[1] 柳汀烟岛：柳树成行岸边和烟波中的岛屿。

[2] 祓（fú）禊（xì）：每年于春季上巳日在水边举行的祭礼。

◇译文

水乡刚到寒食节，春天还未到尽头。烟气笼罩的小岛种满了柳树，开满鲜花。水边的红色帘幕随风飘动。都是小杯子和小盘子。她们为祓禊歌唱，声声都是婉转动听的江南曲调。

小路蜿蜒曲折。走过小桥后，到了街市上，花朵繁盛，歌妓娇美。她们引得游人尽情欢笑。喝得酩酊大醉的是谁家的少年。身体东倒西歪，不知家在哪里，夕阳西下，在芳草中睡着了。

玉楼春·昭华夜醮连清曙

昭华夜醮连清曙[1]。金殿霓旌[2]笼瑞雾。九枝擎烛灿繁星，百和焚香[3]抽翠缕。

香罗荐地延真驭。万乘凝旒听秘语。卜年无用考灵龟，从此乾坤齐历数。

◇注释

[1] 昭华：古代管乐器名，此指音乐声。醮（jiào）：祈祷神灵的祭礼，后专指道士、和尚为禳除灾祸所设的道场。清曙：清晨。

[2] 霓旌（jīng）：缀有五色羽毛的旗帜，为古代帝王仪仗之一。

[3] 百和焚香：焚百和香。百和，由各种香料和成的香。

◇译文

祭礼上的音乐从夜晚一直演奏到清晨。金殿上五彩旗帜笼罩在祥瑞之气中。殿中烛灯灿若繁星，各种香料合成的香冒出缕缕青烟。

绫罗绸缎铺在地上，等待着神仙的降临。天子屏息静气听着神仙的秘语。无须用龟甲的裂纹来预测吉凶，从此国家的年数将和天地一样长久。

玉楼春·星闱上笏金章贵

星闱上笏[1]金章贵。重委外台疏近侍。百常天阁旧通班，九岁国储新上计。

太仓[2]日富中邦最。宣室[3]夜思前席对。归心怡悦酒肠宽，不泛千钟应不醉。

◇注释

[1] 笏：古代大臣上朝时拿着的手板，用玉、象牙或竹片制成，上可记事。

[2] 太仓：朝廷储藏粮食的仓库。

[3] 宣室：宫殿名，指汉代未央宫中的宣室殿。

◇译文

朝廷重臣带着奏章上朝，建议皇上重用外臣，疏远宦官。朝廷沿用的是旧的朝班，新册立了九岁太子。

储藏粮食的仓库，京城数天下第一。天子在宣室殿静思如何重用人才。民心归顺，心情愉悦，酒量大增，不喝千杯是不会醉的。

玉楼春·阆风歧路连银阙

阆风歧路连银阙[1]。曾许金桃容易窃。乌龙未睡定惊猜，鹦鹉能言防漏泄。

匆匆纵得邻香雪[2]。窗隔残烟帘映月。别来也拟不思量，争奈余香犹未歇。

◇注释

[1] 阆风：神仙的住所。银阙：银台。

[2] 香雪：指美人。

◇译文

昆仑仙山上的小路连着西王母的宫殿。曾经许诺我的蟠桃很容易就偷到了。狗还未睡定会惊吓猜疑，鹦鹉会说话要防止它泄密。

匆匆地亲近了一下美人。隔着窗户有烟透过来，帘子上映着月影。分别之后，本来打算不再思念，怎奈美人的余香还没有散去。

玉楼春·凤楼郁郁呈嘉瑞

凤楼郁郁呈嘉瑞。降圣覃恩[1]延四裔。醮台清夜洞天严，公燕[2]凌晨箫鼓沸。

保生酒劝椒香腻[3]。延寿带垂金缕细。几行鹓鹭望尧云[4]，齐共南山呼万岁。

◇注释

[1] 覃恩：遍施恩惠。覃，延及。

[2] 公燕：即公宴，朝廷宴会。

[3] 椒香腻：椒酒的香味浓厚。

[4] 尧云：喻太平盛世。

◇译文

凤楼呈现出祥瑞之气，圣祖降临，恩泽延及四方。夜晚的祭台清冷，供奉圣祖的道场庄严肃穆，朝廷宴会到了凌晨还箫鼓声沸。

劝喝保生寿酒，椒酒香味浓厚。延寿带垂下细细的金丝线。朝臣们队列整齐仰望皇帝，齐呼吾皇万岁，寿比南山。

玉楼春·皇都今夕知何夕

皇都[1]今夕知何夕。特地风光盈绮陌。金丝玉管咽春空，蜡炬兰灯晓夜色。

凤楼十二神仙宅。珠履三千鹓鹭客[2]。金吾不禁[3]六街游，狂杀云踪并雨迹。

◇注释

[1] 皇都：指北宋都城汴京。

[2] 鹓（yuān）鹭客：鹓和鹭是两种鸟，飞行有序，排列整齐，因以比喻朝廷中文武百官。

[3] 金吾不禁：取消夜禁。金吾，官名，掌管京城的戒备防务。

◇译文

不知道今晚京城是什么节日。繁华的街道上形成一种特别的氛围。音乐荡漾在春天的夜空中，灯烛彻夜通明。

高贵华美的楼台如同神仙的居所。衣着华美的群臣来参加宫中的宴会。宵禁被取消了，大街上都是游玩的人，纵情欢爱已经到了疯狂的地步。

玉蝴蝶·望处雨收云断

望处雨收云断，凭阑悄悄，目送秋光。晚景萧疏，堪动宋玉悲凉。水风轻、蘋花[1]渐老，月露冷、梧叶飘黄。遣情伤。故人何在，烟水茫茫。

难忘。文期酒会，几辜风月，屡变星霜[2]。海阔山遥，未知何处是潇湘。念双燕、难凭远信，指暮天、空识归航。黯相望。断鸿声里，立尽斜阳。

◇注释

[1] 蘋花：一种夏秋间开的小白花。

[2] 屡变星霜：经过了好几年。星辰一年一周转，霜每年遇寒而降，因以星霜指年岁。

◇译文

放眼望去，雨停云散，默默倚靠在栏杆上，望着秋天的光景。傍晚景物萧瑟稀疏，堪比宋玉笔下悲凉的秋天。微风吹来，浮萍凋落，月光下露水寒冷，梧桐叶枯黄飘落。无处排遣心中感伤。老朋友在哪里呢，只看到烟水茫茫。

难以忘记，文人间定期约定的酒会，如今却辜负了风月，已经过去了好几年。山高水远，不知你现在在哪里。燕子成双，却难以靠它们传递书信。傍晚时分，望着江面上的航船，辨认是否是朋友到来。黯然伫立远望，听着斜阳中的鸿雁鸣叫，直到夕阳西下。

玉蝴蝶·渐觉芳郊明媚

渐觉芳郊明媚，夜来膏雨[1]，一洒尘埃。满目浅桃深杏，露染风裁。银塘静、鱼鳞簟展，烟岫翠、龟甲屏开。殷晴雷[2]。云中鼓吹，游遍蓬莱。

徘徊。隼旟[3]前后，三千珠履，十二金钗。雅俗熙熙，下车成宴尽春台。好雍容、东山妓女，堪笑傲、北海尊罍。且追陪。凤池归去，那更重来。

◇注释

[1] 膏雨：春雨。古有谚语“春雨贵如油”，故称春雨为膏雨。

[2] 殷晴雷：指鼓乐声如雷声一样洪亮。

[3] 隼旟（yú）：古代军队出征时举的旗帜。

◇译文

渐渐感觉到郊外的景色变得明媚起来，一夜的春雨，洗净了尘埃。满眼都是浅色的桃花和深色的杏花，像被露水浸染过，被风剪裁过一样。银白的池塘很安静，水波像鱼鳞一样展开，烟雾笼罩着青山，龟背一样隆起的丘陵像孔雀开屏。鼓乐声像晴天里的春雷，从云中传来，如同在蓬莱仙岛游览。

权贵的车仗经过，我在人群里徘徊观看，有许多文人和女子。熙熙攘攘，他们下车后在春景美丽的地方摆设野餐。权贵有东晋谢安的儒雅之风，带来的妓女雍容华贵，陪他饮酒之人酒量极好，可以和北海孔融媲美。姑且也追随他做个陪客，像他这样的高官郊游之后就回到京城了，哪能再来呢。

玉蝴蝶·误入平康小巷

误入平康小巷，画檐深处，珠箔微褰[1]。罗绮丛中，偶认旧识婵娟。翠眉开、娇横远岫，绿鬓亸、浓染春烟。忆情牵。粉墙曾恁，窥宋三年[2]。

迁延。珊瑚筵[3]上，亲持犀管，旋叠香笺。要索新词，殢人含笑立尊前。接新声、珠喉渐稳，想旧意、波脸增妍。苦留连。凤衾鸳枕，忍负良天。

◇注释

[1] 褰（qiān）：打开。

[2] 窥宋三年：典故出自《登徒子好色赋》。宋玉家东边的女子爱慕宋玉，从墙头偷窥宋玉三年。

[3] 珊瑚筵：豪华的宴会。

◇译文

不小心走进了平康巷，走到檐梁深处，微微掀起珠帘。美人丛中，偶然认出我的旧相识。她笑着，眉毛如远山，秀发垂下来，乌黑得好像被浓烟染过。回忆牵动了感情。她像宋玉东墙的女子一样，爱慕了我三年。

在豪华的宴会上流连，她亲自拿着笔，叠放好纸笺。向我索要新词，在酒席前笑着缠着我。接着演唱新曲，歌喉渐渐平稳，想到旧日的情意，脸上荡漾起笑意，又增添了几分妍丽。苦苦留恋不忍心走。在绣着凤凰的被子和绣着鸳鸯的枕头上，怎么忍心辜负这美好的时光。

玉蝴蝶·是处小街斜巷

是处小街斜巷，烂游[1]花馆，连醉瑶卮[2]。选得芳容端丽，冠绝吴姬。绛唇轻、笑歌尽雅，莲步稳、举措皆奇。出屏帏。倚风情态，约素腰肢[3]。

当时。绮罗丛里，知名虽久，识面何迟。见了千花万柳，比并不如伊。未同欢、寸心暗许，欲话别、纤手重携。结前期。美人才子，合是相知。

◇注释

[1] 烂游：纵情游览。

[2] 瑶卮：玉质的酒杯。

[3] 约素腰肢：好像用白绢束着的腰肢。形容腰细。

◇译文

到处都是小街斜巷，在秦楼里纵情游玩，连日里喝得大醉。一位佳人面容端庄美丽，美貌盖过吴地的美女。唇色浅红，笑声和歌声都很优雅，走路轻稳，举手投足间别有一番风韵。她从帷帐里走出来。体态轻盈如倚靠着风，腰肢纤细仿佛用白绢束着。

在那时，美人成群，虽然很久之前就听过她的名字，但是迟迟没有见到面。见识过许多美人，都比不上她。还没有一同欢爱，我已经爱上了她，想要告别的时候，又牵起了手。约定以后见面的日子。才子和美人，就应该相遇相知。

玉蝴蝶·淡荡素商行暮

淡荡素商[1]行暮，远空雨歇，平野烟收。满目江山，堪助楚客冥搜[2]。素光动、云涛涨晚，紫翠[3]冷、霜巘横秋。景清幽。渚兰香谢，汀树红愁。

良俦[4]。西风吹帽，东篱携酒，共结欢游。浅酌低吟，坐中俱是饮家流。对残晖、登临休叹，赏令节、酩酊方酬。且相留。眼前尤物，盏里忘忧。

◇注释

[1] 素商：秋天的雅称。按照古代的“五行五音说”，五行中秋天属金，其色白；五音中属商的音阶。

[2] 冥搜：寻访到幽远之地。

[3] 紫翠：下了霜的山的颜色。

[4] 良俦：良友。

◇译文

秋天天气舒和，快到傍晚了，天空高远，雨渐渐停了，原野上的烟气散去。满目江山，客居楚地的人可以到幽远之地寻访。秋光移动，傍晚云变多了，山变成紫翠色，结满了霜，景色清幽。小洲上的兰花凋谢了，枫树也愁得发红。

与好友一起。登高吹风，东篱喝酒。共同畅快欢游。小酌低唱，在座的都是爱喝酒的人。对着落日，登高时不要叹息，要喝得酩酊大醉才能答谢佳节。还是留下吧，眼前的这杯酒，可以忘记忧愁。

玉女摇仙佩·飞琼伴侣

飞琼伴侣[1]，偶别珠宫，未返神仙行缀[2]。取次梳妆，寻常言语，有得几多姝丽。拟把名花比，恐旁人笑我，谈何容易。细思算、奇葩艳卉，惟是深红浅白而已。争如这多情，占得人间，千娇百媚。

须信画堂绣阁，皓月清风，忍把光阴轻弃。自古及今，佳人才子，少得当年双美。且恁相偎倚。未消得、怜我多才多艺。愿奶奶、兰心蕙性，枕前言下，表余深意。为盟誓。今生断不孤鸳被。

◇注释

[1] 飞琼伴侣：与神仙为侣。飞琼，即许飞琼，传说中的仙女，西王母侍女。至唐宋时成为文人笔下美人的典型。

[2] 行缀：指舞队行列。

◇译文

这位佳人与仙女许飞琼为伴，偶然离开了天上的宫殿，来到人间，没有返回到仙人的行列中。打扮随意，话语平常，却显出异常的美丽。想要把她比作名贵的花朵，又怕别人笑我，这样美丽的女子，做起比喻来谈何容易。仔细想想，那些奇丽明艳的花卉，不过是有深红浅白的颜色而已。她这样的佳人，风情万种，集人间的千娇百媚于一身。

在华美的闺房里，面对着皓月清风，怎么忍心虚掷光阴。从古到今，才子佳人，很少在恰当的年纪相遇。就这样相互依偎着，也表达不了我对你才艺的爱慕之情。愿你蕙质兰心，枕边的言语，是我心意的表达。特此立誓，永不分离。

尉迟杯·宠佳丽

宠佳丽。算九衢红粉皆难比。天然嫩脸修蛾，不假施朱描翠。盈盈秋水。恣雅态、欲语先娇媚。每相逢、月夕花朝，自有怜才深意。

绸缪[1]凤枕鸳被。深深处、琼枝玉树相倚。困极欢馀，芙蓉帐暖，别是恼人情味。风流事、难逢双美。况已断、香云[2]为盟誓。且相将、共乐平生，未肯轻分连理。

◇注释

[1] 绸缪：缠绵。

[2] 香云：妇女的头发。

◇译文

我宠爱的这位佳丽，就算是全京城的女子都不能跟她相比。天然生成的娇嫩脸庞和修长眉毛，不用再涂抹胭红描画眉毛。眼睛像含着盈盈秋水。姿态优雅，还未说话就表现出娇媚的模样。每次在花前月下相见，自然是浓情蜜意。

鸳鸯被里低语，深闺中相互依偎。芙蓉帐暖，乏困至极，但自有一番情味。风流之事，难得才子佳人相会。更何况，已经剪断头发作为盟誓。还是一起快乐地度过一生，不要轻易分开。

御街行·燔柴烟断星河曙

燔柴[1]烟断星河曙。宝辇回天步。端门羽卫簇雕阑，六乐舜韶先举。鹤书飞下[2]，鸡竿高耸，恩霈均寰寓。

赤霜袍[3]烂飘香雾。喜色成春煦。九仪三事仰天颜，八彩旋生眉宇。椿龄无尽，萝图[4]有庆，常作乾坤主。

◇注释

[1] 燔柴：古代祭天仪式。将玉帛、牺牲等置于积柴上而焚之。

[2] 鹤书飞下：大赦天下的诏书。

[3] 赤霜袍：祭天时穿的绛纱袍。

[4] 萝图：疆域。

◇译文

祭祀的烟气直冲银河。天子的车驾启程回宫。宫殿的正南门聚集着天子的仪仗和护卫队，演奏舜所作的古乐。皇帝大赦天下的诏书已悬挂出来，赦罪的鸡竿高高耸立，恩泽遍及寰宇。

皇帝穿着红色纱袍祭天，身边烟雾缭绕，香气弥漫。一片欢喜的春日景象。大臣们仰望天子的容颜，只见眉宇中显现出八种色彩。大椿的树龄没有尽头，普天之下共同庆祝，祝我皇永远做天地之主。

御街行·前时小饮春庭院

前时小饮春庭院。悔放笙歌散。归来中夜酒醺醺，惹起旧愁无限。虽看坠楼换马[1]，争奈不是鸳鸯伴。

朦胧暗想如花面。欲梦还惊断。和衣拥被不成眠，一枕万回千转。惟有画梁，新来双燕，彻曙闻长叹。

◇注释

[1] 坠楼换马：代指美女。坠楼，指石崇爱妾绿珠，曾为石崇坠楼而死。换马，相传唐鲍生有美妾，韦生有良马，韦生用马换爱妾。

◇译文

以前在春日的庭院里饮酒，后悔酒筵歌席结束之后也与她分别。喝酒喝到半夜，有些醉了，引起了无限旧日的忧愁。虽然看到许多美女，但是她们都不是可以与我相伴一生的人。

醉意蒙胧中，我回想她如花般美丽的容颜。想要到梦中去找她，却又突然惊醒。穿着衣服睡不着，在枕头上辗转。只有画梁上新来的一双燕子，听我彻夜长叹。

一寸金·井络天开

井络[1]天开，剑岭云横控西夏。地胜异、锦里风流，蚕市繁华，簇簇歌台舞榭。雅俗多游赏，轻裘俊、靓妆艳冶。当春画，摸石江边，浣花溪畔景如画。

梦应三刀，桥名万里[2]，中和政多暇。仗汉节、揽辔澄清，高掩武侯勋业，文翁风化。台鼎须贤久，方镇静、又思命驾。空遗爱，两蜀三川，异日成嘉话。

◇注释

[1] 井络：专指岷山，又泛指蜀地。

[2] 桥名万里：万里桥，位于成都南锦江上。

◇译文

蜀地大小剑山高耸入云，威慑控制着西夏大地。成都地形奇异殊胜，风物美妙，蚕市繁华，到处是歌台舞榭。风雅之士与世俗之人多在此游玩，有穿着轻裘的俊美少年，也有盛装打扮的艳丽女子。正当春日的白天，人们在江边摸石占卜，浣花溪边景色如画。

成都锦江上有万里桥，以中和之道理政，多闲暇时间。奉旨赴任蜀地，政治清明。政绩超过了诸葛亮的功勋和文翁教育感化的业绩。朝廷求贤已久，用不了多久，我就会升至高位，刚刚安定好，又要启程了。只能将仁爱留给蜀地，他日我的德行将会在此成为一段佳话。

永遇乐·薰风解愠

薰风解愠[1]，画景清和，新霁时候。火德流光，萝图荐祉，累庆金枝秀。璇枢绕电，华渚流虹，是日挺生元后。缵唐虞垂拱，千载应期，万灵敷佑。

殊方异域，争贡琛赆[2]，架巘航波奔凑。三殿称觞，九仪就列，韶頀[3]锵金奏。藩侯瞻望彤庭，亲携僚吏，竞歌元首。祝尧龄、北极齐尊，南山共久。

◇注释

[1] 薰风解愠：温和的风可以消除心中的烦恼。

[2] 琛赆：进贡的财货。

[3] 韶頀（hù）：庙堂、朝廷奏的乐。

◇译文

温暖又散发着香气的风消除了心中的烦恼，白天的景色清明平和，正是初晴的时候。太阳耀眼，疆域呈现祥瑞，都来庆祝皇族枝繁叶茂。电光环绕北斗七星，星星如长虹一般流入华渚，这一天君主诞生了。继承了唐虞的无为而治，顺应了千载的运期，得到万方神灵的保佑。

各方外邦，争相进贡珍宝，坐车坐船而来。在宫殿里举杯畅饮，朝臣列队，金鼓演奏着宫廷之乐。诸侯瞻望金殿，携着官僚们，为圣上竞相歌唱。祝愿圣上与北极齐尊，与南山共久。

阳台路·楚天晚

楚天晚。坠冷枫败叶，疏红[1]零乱。冒征尘、四马驱驱[2]，愁见水遥山远。追念少年时，正恁凤帏，倚香偎暖。嬉游惯。又岂知、前欢云雨分散。

此际空劳回首，望帝里、难收泪眼。暮烟衰草，算暗锁、路歧无限。今宵又、依前寄宿，甚处苇村山馆。寒灯畔。夜厌厌、凭何消遣。

◇注释

[1] 疏红：稀疏的花朵。

[2] 驱驱：奔驰。

◇译文

楚地的天色已晚，枫树残败的枝叶飘落，稀疏凌乱。独自骑马踏上征途，看到山远水长真让人发愁。回想少年时，在绣着凤凰的帷帐里，与佳人相互依偎着。嬉戏游玩惯了。又怎么知道，以前的欢乐云消雨散。

现在徒劳地回忆，望京城，泪流不止。傍晚的烟气，衰败的野草，遮住了路，让我走入岔路。今晚又要像之前一样寄宿，哪里是山中驿馆呢。只有一盏寒灯相伴，漫漫长夜，靠什么排遣寂寞呢。

应天长·残蝉渐绝

残蝉渐绝。傍碧砌修梧，败叶微脱。风露凄清，正是登高时节。东篱霜乍结。绽金蕊、嫩香堪折。聚宴处，落帽风流，未饶前哲[1]。

把酒与君说。恁好景佳辰，怎忍虚设。休效牛山，空对江天凝咽。尘劳无暂歇。遇良会、剩偷欢悦。歌声阕[2]。杯兴方浓，莫便中辍。

◇注释

[1] 前哲：前代名士。

[2] 阕：停止。

◇译文

蝉的叫声渐渐消失。华丽台阶旁种着修长的梧桐树，残败的叶子刚开始掉落。秋风凄凉露水清莹，正是重阳佳节。菊花园里刚结霜。金色的花蕊绽放，散发出淡淡的香气，可以折取。聚会时，名士风流，不输于先哲。

端着酒杯与君畅谈，这样的良辰美景，怎能让它虚设。不要效仿齐景公在牛山空自对着江水哭泣。终日为俗事烦劳没有休息的时间。遇到美好的聚会，偷闲取乐。歌声停了，酒兴正浓，不要放下酒杯。

夜半乐·冻云黯淡天气

冻云黯淡天气，扁舟一叶，乘兴离江渚。渡万壑千岩，越溪深处。怒涛渐息，樵风乍起，更闻商旅相呼。片帆高举。泛画鹢[1]、翩翩过南浦。

望中酒旆闪闪，一簇烟村，数行霜树。残日下，渔人鸣榔[2]归去。败荷零落，衰杨掩映，岸边两两三三，浣纱游女。避行客、含羞笑相语。

到此因念，绣阁轻抛，浪萍难驻。叹后约丁宁竟何据。惨离怀，空恨岁晚归期限。凝泪眼、杳杳神京路。断鸿声远长天暮。

◇注释

[1] 画鹢：船头画有鹢鸟图案的船。

[2] 鸣榔：用长木棒敲击船舷，使鱼受惊入网。

◇译文

层云郁结，天气暗淡，我乘一叶扁舟，兴致盎然地离开江边。渡过千山万水，来到越溪深处。汹涌的波涛渐渐平息，突然起风，听到商人旅客们相互打招呼。高高地升起船帆。泛舟而下到南面的水边。

远远望去，酒馆门前酒旗闪烁，一处村落升起炊烟，村边有几行结霜的树。夕阳西下，渔人敲着船舷回家。池中荷叶残败，池边衰落的杨树掩映下，有三三两两的浣纱女子。她们躲避着行人，害羞地笑着交谈。

到了这里，勾起了我的思念，轻易地抛弃了在绣阁中的生活，如今像浮萍一样难以停留。感叹约定的后会之期口说无凭。离别的情怀是凄惨的，白白地怨恨已到年末归期受阻。满眼含泪地望向通往京城的大道。一声声的孤雁哀鸣中，天色渐晚。

忆帝京·薄衾小枕凉天气

薄衾小枕凉天气。乍觉别离滋味。展转数寒更，起了还重睡。毕竟不成眠，一夜长如岁。

也拟待、却回征辔。又争奈、已成行计[1]。万种思量，多方开解，只恁寂寞厌厌地。系我一生心，负你千行泪。

◇注释

[1] 行计：出行的打算。

◇译文

盖着薄被小睡一会，天气有些微凉，突然一阵离别的愁绪涌上心头。翻来覆去睡不着，数着寒夜里的更声，起来后又重新睡下。终究是难以入睡，一夜像一年那样漫长。

也曾想过勒马返回。怎奈已经动身上路。千万种思量，想尽多种办法开导，最后只能这样寂寞地不了了之。我一生一世都将你放在心上，却辜负了你那流不尽的眼泪。

燕归梁·织锦裁编写意深

织锦[1]裁编写意深。字值千金。一回披玩[2]一愁吟。肠成结、泪盈襟。

幽欢已散前期远，无憀赖[3]、是而今。密凭归雁[4]寄芳音。恐冷落、旧时心。

◇注释

[1] 织锦：织造工艺织出图案的织物，这里指情人间的书信。

[2] 披玩：翻阅玩味。

[3] 无憀（liáo）赖：百无聊赖，精神空虚。憀，通“聊”。

[4] 密凭归雁：频频托付回归的大雁。

◇译文

佳人的书信里，饱含深厚情意，一字值千金。每一回翻阅玩味都忍不住哀叹。心中愁思郁结，眼泪沾湿了衣襟。

欢乐的幽会已过，约定相聚的日子还远。现如今百无聊赖，频频托付回归的大雁寄送音信，害怕冷落了旧时的心意。

燕归梁·轻蹑罗鞋掩绛绡

轻蹑罗鞋掩绛绡[1]。传音耗、苦相招。语声犹颤不成娇。乍得见、两魂消。

匆匆草草难留恋、还归去、又无聊。若谐雨夕与云朝。得似个、有嚣嚣[2]。

◇注释

[1] 绛绡：用红色绡绢做的裙子。

[2] 嚣嚣：自得无欲的样子。

◇译文

提起红色的衣衫，轻轻地穿上绣鞋走了。听到他的消息，苦苦召唤我来。声音还有些颤抖，无法显示出娇媚。一相见，两个人都没了魂。

匆匆一面难以留恋，就这样回去的话，又要开始无聊。如果能够每天早晚相见的话，我就满足了。

雨霖铃·寒蝉凄切

寒蝉[1]凄切。对长亭晚，骤雨初歇。都门帐饮[2]无绪，留恋处、兰舟催发。执手相看泪眼，竟无语凝噎[3]。念去去、千里烟波，暮霭沉沉楚天阔。

多情自古伤离别。更那堪、冷落清秋节。今宵酒醒何处，杨柳岸、晓风残月。此去经年，应是良辰、好景虚设。便纵有、千种风情，更与何人说。

◇注释

[1] 寒蝉：蝉的一种，较一般蝉小，青赤色。

[2] 帐饮：在郊外设帐饯行。

[3] 凝噎：喉咙哽塞，欲语不出的样子。

◇译文

寒冷天气里蝉的鸣叫声凄凉悲切。对着长亭，天色渐晚，急雨刚停。在都城设帐饯行，却无心喝酒，正留恋时，船家催促着出发。两手相握，泪眼蒙眬，哽咽得说不出话。这一别，隔着千里的烟波，傍晚的雾气低沉，天空一望无际。

自古以来，离别总是最伤多情人的心，更何况又在这样清冷的季节。今晚酒醒后会在哪里呢，独自对着杨柳岸边的晚风和残月。从今以后，即使是良辰美景对我来说也是形同虚设。就是有千种情意，又能和谁诉说呢。

迎春乐·近来憔悴人惊怪

近来憔悴人惊怪。为别后、相思煞[1]。我前生、负你愁烦债。便苦恁难开解。

良夜永、牵情无计奈。锦被里、馀香犹在。怎得依前灯下，恣意怜娇态。

◇注释

[1] 相思煞：相思到了尽头。

◇译文

近来憔悴得厉害，人们见到我后都感到惊讶奇怪。是因为离别后，相思得太厉害了。我前生大概是欠了你忧愁烦恼的债，这样的愁苦难以开解。

美好的夜晚很长，一直牵挂着你却没有办法。锦被里，你的香味还在。怎么才能像以前一样，恣意在灯下看你的娇媚模样。

迎新春·嶰管变青律

嶰管变青律[1]，帝里阳和新布。晴景回轻煦。庆嘉节、当三五。列华灯、千门万户。遍九陌、罗绮[2]香风微度，十里然绛树。鳌山耸、喧天箫鼓。

渐天如水，素月当午。香径里、绝缨掷果无数。更阑烛影花阴下，少年人、往往奇遇。太平时、朝野多欢民康阜。随分良聚。堪对此景，争忍独醒归去。

◇注释

[1] 嶰(xiè)管：以嶰谷所生之竹而做的律本，大概相当于现在的定声器。青律：青帝所司之律，在我国古代神话中青帝为司春之神，青律也就是冬去春来的意思。

[2] 九陌：本指汉代长安街的九条大道，后来泛指都城大路。罗绮：本为丝织品，这里指男女人群。

◇译文

冬去春来，天气转暖，京城里布满了阳和之气。天气晴朗，暖风微吹。人们欢庆元宵佳节。千家万户挂满华灯。都城大道上都是人群，香风阵阵。点燃十里长的花树，鳌形的灯山耸立着，乐声喧天。

渐渐天空澄澈如水，月亮在午时更加明亮。大街上，人们剪断冠缨，投掷香果，向爱人表达情意。烛光月影下，往往能遇到少年人谈情说爱。太平盛世，朝野上下同欢乐，人民康乐富足，随处可见美好的聚会。面对这样的美景，怎能忍受酒醒后独自归去呢。

征部乐·雅欢幽会

雅欢[1]幽会，良辰可惜虚抛掷。每追念、狂踪旧迹。长只恁、愁闷朝夕。凭谁去、花衢觅。细说此中端的[2]。道向我、转觉厌厌，役梦劳魂苦相忆。

须知最有，风前月下，心事始终难得。但愿我，虫虫心下，把人看待，长以初相识。况渐逢春色。便是有，举场消息。待这回、好好怜伊，更不轻离拆。

◇注释

[1] 雅欢：高雅的聚会。

[2] 端的：究竟。

◇译文

从前高雅、幽秘的聚会，可惜被白白地虚度了。每每追忆以前的狂放踪迹，就早晚忧愁，觉得天这样长。谁能去花街找到她，细细诉说这究竟是怎么回事。为何我这样精神不振，魂牵梦萦地思念着她。

要知道，风前月下时的心意是最难得。但愿我的虫虫知道，看待人要一直像初次相识那样。更何况春天就要到了，那时候，科举考试的消息就会出来了。等这次回去，我一定要好好怜爱你，不轻易分离了。

醉蓬莱·渐亭皋叶下

渐亭皋[1]叶下，陇首云飞，素秋新霁。华阙中天[2]，锁葱葱佳气。嫩菊黄深，拒霜[3]红浅，近宝阶香砌。玉宇无尘，金茎有露，碧天如水。

正值升平，万几多暇，夜色澄鲜，漏声迢递。南极星中，有老人呈瑞。此际宸游，凤辇何处，度管弦清脆。太液波翻，披香帘卷，月明风细。

◇注释

[1] 亭皋：水边的平地。

[2] 华阙中天：华美的皇宫耸入高空。

[3] 拒霜：木芙蓉花的别称。

◇译文

水边平地上的树叶渐渐落下，高山之巅上白云飘过，素雅的秋天雨后初晴。华美的皇宫耸入高空，笼罩着葱葱茏茏的祥瑞之气。华美的台阶旁，新开着深黄色的菊花，浅红色的木芙蓉花。宫殿里没有尘土，承露盘中满是露水，碧蓝的天空澄净如水。

正值太平盛世，皇帝有很多闲暇的时间，夜色清新，滴漏的声音远远地传来。南极星里有老人呈现祥瑞。这个时间皇帝出游，车驾到了哪里，哪里应该乐声清脆。宫中水池里水波粼粼，宫殿里的帘幕被卷起，明月当空，微风习习。

早梅芳·海霞红

海霞红，山烟翠。故都风景繁华地。谯门[1]画戟，下临万井，金碧楼台相倚。芰荷浦溆，杨柳汀洲，映虹桥倒影，兰舟飞棹，游人聚散，一片湖光里。

汉元侯，自从破虏征蛮，峻陟枢庭贵[2]。筹帷厌久[3]，盛年昼锦，归来吾乡我里。铃斋少讼[4]，宴馆多欢，未周星，便恐皇家，图任勋贤，又作登庸[5]计。

◇注释

[1] 谯门：古时建有瞭望楼的城门。

[2] 峻陟：威严地登上。枢庭：犹枢府，政权的中枢，宋代多用以指枢密院。

[3] 筹帷厌久：对运筹谋划久而生厌。筹，筹划。帷，帷幄，行军作战的帐篷。

[4] 铃斋少讼：指退居田园就不必再为国家之事操心费力。铃斋，即铃阁，将帅或州郡长官办事的地方。

[5] 登庸：选拔任用。

◇译文

红红的朝霞映照在西湖上，翠绿的山峦笼罩在云雾中。杭州风景秀丽，是繁华之地。谯楼城门的左右画戟林立，楼下是辽阔而有序的街市，金碧辉煌的楼台一座挨着一座。水边有荷叶和菱角，汀洲上杨柳依依，拱桥倒映在水面上，小舟飞快地前行，游人来来往往，好一片湖光山色的美景。

三国魏将张既，平定匈奴与胡之乱，被进用至显贵的枢密院。厌恶久在军中运筹谋划，正值盛年衣锦回乡，回到故乡任杭州太守。身居铃斋清静悠闲，不必再为国事操劳，宴会之所多欢乐，未到一年，便唯恐朝廷又要启用有功劳的贤能之士，受诏去朝廷做官啊！

昼夜乐·洞房记得初相遇

洞房记得初相遇。便只合、长相聚。何期小会幽欢，变作离情别绪。况值阑珊春色暮。对满目、乱花狂絮。直恐好风光，尽随伊归去。

一场寂寞凭谁诉[1]。算前言、总轻负[2]。早知恁地难拚，悔不当时留住。其奈风流端正外，更别有、系人心处。一日不思量，也攒眉千度[3]。

◇注释

[1] 凭谁诉：向人诉说。

[2] 前言：以前说过的话。轻负：轻易地辜负了昨日的誓言。

[3] 攒（cuán）眉千度：形容整天愁眉紧锁。攒眉，皱眉。

◇译文

记得在深深的闺房里我们初次相遇，那个时候就想着要永远在一起。谁想到短暂的约会变成了离别的愁绪。更何况正值春天将尽的时候，满眼都是凋零的落花和飞舞的柳絮。恐怕这美好的风光，都随着你离开了。

这满怀的寂寞去跟谁说呢，轻易地辜负了昨日的誓言。早知道今日这么难挨，后悔当初不如把他留下。他除了风流倜傥，容貌端正外，还有别的让人心动的地方。没有一天不想他，整天愁眉紧锁。

昼夜乐·秀香家住桃花径

秀香家住桃花径。算神仙、才堪并[1]。层波细翦明眸，腻玉圆搓素颈。爱把歌喉当筵逞。遏天边[2]，乱云愁凝。言语似娇莺，一声声堪听。

洞房饮散帘帏静。拥香衾、欢心称。金炉麝袅青烟，凤帐烛摇红影。无限狂心乘酒兴。这欢娱、渐入嘉景。犹自怨邻鸡，道秋宵不永。

◇注释

[1] 堪并：堪比。

[2] 遏天边：响遏行云，形容歌声美妙。

◇译文

秀香家住在开满桃花的小路上。她的才貌，只有神仙才能比得上。眼睛明亮如同水波粼粼，脖子好像细腻圆润的玉石搓成的。喜欢在宴会上一展歌喉，歌声传到天边，响遏行云。说话的声音像娇嫩的黄莺，一声声悦耳动听。

喝完酒后来到闺房里，帘帷里很安静，抱着熏香的被子，两情相悦。香炉里的麝香发出袅袅青烟，凤帐里映着红色的烛影。乘着酒兴，心情狂放。这样的欢娱渐渐更加美好。还是埋怨邻家鸡叫，叹息秋天的夜晚太短。

竹马子·登孤垒荒凉

登孤垒荒凉，危亭旷望，静临烟渚。对雌霓[1]挂雨，雄风拂槛[2]，微收烦暑。渐觉一叶惊秋，残蝉噪晚，素商[3]时序。览景想前欢，指神京，非雾非烟深处。

向此成追感，新愁易积，故人难聚。凭高尽日凝伫。赢得消魂无语。极目霁霭霏微，暝鸦零乱，萧索江城暮。南楼画角，又送残阳去。

◇注释

[1] 雌霓：色彩暗淡的彩虹。古人称色彩鲜艳的彩虹为雄虹，又称主虹；色彩暗淡的为雌虹，又称副虹。

[2] 雄风拂槛：强劲之风吹拂栏杆。

[3] 素商：秋天。

◇译文

登上孤零零的堡垒，在高亭上远望，静静地对着烟雾中的小洲。天空中的彩虹色彩暗淡，空气中还有水汽，强劲的风吹过栏杆，闷热的暑气稍微消退。渐渐察觉到落叶，原来秋天已到，残留的几只蝉在傍晚鸣噪着，夏去秋来。看到这样的场景想到以前的欢聚，遥指京都，就在那非烟非雾的深处。

由此我开始感怀，新的忧愁容易产生，故人难以相聚。整日里登高凝望，只落得黯然销魂默默无言。远远望去烟雾朦胧，黄昏中乌鸦乱飞，江城的傍晚一片萧索。城南角楼上画角声响起，送夕阳落下。